Gabriele Falco

Il profumo di quei giorni

Romanzo

INDICE

Prefazione	Pagina I
Prologo	Pagina 1
Capitolo I	Pagina 5
Capitolo II	Pagina 25
Capitolo III	Pagina 39
Capitolo IV	Pagina 50
Capitolo V	Pagina 65
Capitolo VI	Pagina 83
Capitolo VII	Pagina 88
Capitolo VIII	Pagina 97
Capitolo IX	Pagina 113
Capitolo X	Pagina 138
Capitolo XI	Pagina 148
Notizie sull'autore	Pagina 159

Prefazione

Tanto tempo fa, all'incirca quando avevo la metà degli anni che ho adesso, siccome lavoravo in una cittadina diversa da quella in cui abitavo, compivo il viaggio di andata e ritorno su un autobus di linea. Avevo così occasione di immergermi per circa un'oretta nei miei pensieri, che quasi sempre erano occupati da ricordi. Ricordi che, partendo da una particolare situazione, da un particolare dialogo involontariamente ascoltato, da un particolare aspetto del paesaggio che mi vedevo scorrere dietro il finestrino, mi davano occasione di vagare nel tempo e nello spazio, alla ricerca di quei giorni sereni e spensierati vissuti in un altro contesto socio-culturale e in quell'arco temporale compreso tra l'infanzia e la preadolescenza.

Mi sentivo, allora, invaso da un sentimento misto di struggente nostalgia e di fierezza. Nostalgia per un mondo che purtroppo era inesorabilmente scomparso, fierezza perché mi sentivo orgoglioso delle mie radici. E ciò, pur lasciandomi dentro un certo senso di smarrimento, non mancava però di farmi sentire un privilegiato, poiché percepivo con soddisfazione che quanto da me vissuto e provato in quei lontani tempi era unico e straordinario. Poi, magari, mi veniva da pensare che ognuno, quando ripensa al passato, ha qualcosa da rimpiangere o di cui essere soddisfatto; e che ogni generazione vede come irripetibile e meraviglioso il periodo legato alla propria infanzia e adolescenza. Tuttavia finivo con il concludere che, per quanto concerneva la mia personale esperienza, non avevo nulla da invidiare a chicchessia, giacché tutte le volte in cui ripensavo a quella bella e fresca stagione della mia vita potevo ancora sentire, nell'aria, il profumo di quei giorni. E siccome la frase "il profumo di quei giorni" mi colpì fin dal primo momento in cui mi si formò nella mente, decisi che qualora un giorno avessi scritto una storia incentrata sui ricordi della mia prima giovinezza, l'avrei intitolata: "Il profumo di quei giorni".

Pordenone, luglio 2020

L'autore

Sempre un villaggio, sempre una campagna mi ride al cuore (o piange), [...]

G. Pascoli, "Romagna"

IV

Prologo

<<Dottore, dobbiamo caricare anche questo scatolone pieno di carte vecchie o possiamo buttarlo nel cassonetto della differenziata?>>

Mi giro e vedo l'operaio della ditta di traslochi che, sceso dalla mansarda, regge tra le mani un voluminoso parallelepipedo di cartone tutto impolverato e sgangherato dal cui fondo che minaccia di lacerarsi da un momento all'altro fuoriescono angoli di fogli ingialliti e spiegazzati.

Corro subito da lui e, posti entrambi i palmi delle mani sotto lo scatolone, per evitarne lo sfondamento, lo invito a trasportare il tutto insieme a me nello studio, dove restano ancora la scrivania e alcune sedie, che ho deciso di lasciare al nuovo proprietario perché a me non servirebbero e a lui forse potrebbero fare comodo, visto che si tratta di un mio giovane collega. Quando acquistai questa casa ero anch'io, come lui, un giovanotto di belle speranze pieno di entusiasmo, ma con pochi mezzi economici. Ricordo che per arredare lo studio in cui ho lavorato fino alla pensione dovetti comprare i mobili a rate e che per riuscire a pagarli mi toccò lavorare sodo e stringere la cinghia per qualche tempo. Il giovane che si appresta a iniziare la mia stessa attività potrà almeno risparmiarsi questa spesa. Poi, quando sarà in grado di farlo, arrederà lo studio secondo le sue necessità e i suoi gusti.

<<Ecco, posiamolo pure sul pavimento>>, dico all'operaio.

<<Il tempo di controllare che non vi siano dei documenti che potrebbero servirmi e poi si potrà gettare via tutto>>.

<<D'accordo. Allora io torno al mio lavoro>>.

Lo saluto e comincio a rovistare dentro lo scatolone. Tiro fuori libri, quaderni, fogli risalenti, per lo più, al mio periodo universitario. Tutta roba che la mia povera mamma, credendo che potesse tornarmi utile, nel tempo era andata riponendo in quel contenitore. Roba di cui, per la verità, mi ero completamente dimenticato; anche perché non mettevo quasi mai piede in mansarda. E quando lo facevo era solo per buttarvi alla rinfusa gli oggetti più svariati, di cui puntualmente finivo per scordarmi.

Sto per rimettere tutto dentro, persuaso che al di là di dispense ciclostilate, quaderni e fogli fitti di appunti, libri ormai fuori corso e in gran parte consunti non troverei, quando la mia attenzione è attirata da un dorso in similpelle verde su cui è impressa, in eleganti caratteri dorati ormai quasi illeggibili, una scritta. Affondo un braccio nello scatolone, afferro il volume di cui si scorge il dorso e lo tiro fuori. Inforco i miei occhiali da lettura, che mi porto sempre dietro, ed esponendo alla luce della finestra il dorso, leggo la scritta: "Il mio diario". No!... non ci posso credere! Giro il voluminoso e morbido oggetto verde e sulla sua copertina, con gli stessi eleganti caratteri dorati per lo più integri torno a leggere, con una commozione e voluttà indicibili: "Il mio diario".

Mentre lo pulisco alla bell'e meglio con la manica della giacca mi avvio, come ipnotizzato, dietro la scrivania e mi lascio letteralmente cadere sulla sedia. Quindi poso delicatamente il diario sullo spesso ripiano di vetro affumicato e, dopo una breve esitazione, apro la copertina. No!... È... è davvero il mio vecchio diario! Il caro, vecchio diario della mia fanciullezza, che avevo conservato fino ai miei primi anni di scuola superiore e che poi, con una certa sufficienza (dettata da quella presunzione e saccenteria tipica della prima giovinezza, quando ci crediamo ormai arrivati ed esperti del mondo al punto tale da rinnegare e sminuire il periodo più importante della nostra esistenza, quello in cui ci siamo formati, nel bene e nel male); che poi, dicevo, avevo liquidato buttandolo, quasi schifato, nel cestino dei rifiuti. Da allora lo avevo letteralmente rimosso dalla mia coscienza e certo non avrei mai immaginato che un lontano giorno il suo rinvenimento mi avrebbe potuto procurare un'emozione, una gioia e un turbamento così profondi.

Oh!..., questo è l'ultimo prezioso dono lasciatomi da mia madre, mancata ormai da quattordici anni. Sì, da mia madre; perché è stata lei a recuperare il diario del mio più bel periodo e a metterlo tra le altre mie cose. Tra le lacrime che mi appannano la vista e che non tento di fermare, infatti, leggo una scritta di suo pugno (riconosco la sua inconfondibile grafia) apposta sul frontespizio:

<<*Caro Fabio, quasi sicuramente quando leggerai queste povere righe io non ci sarò più. Però sono felice*

sin d'ora di sapere che, il giorno in cui ti capiteranno sotto gli occhi, quel passato che tu avevi voluto annientare in un momento particolare della tua vita ti restituirà una profonda sensazione di benessere e di gioia; perché nulla di ciò che siamo e facciamo è inutile e merita, perciò, di essere cancellato. Quello che siamo lo dobbiamo anche a ciò che siamo stati.
Non dimenticarlo mai.

Tua madre

No, cara madre... non l'ho mai dimenticato!... e non lo dimenticherò per tutto il tempo che il buon Dio vorrà ancora concedermi. Come non dimenticherò le persone che nella mia vita hanno contato tantissimo (e tantissimo continuano a contare).

Oggi, anzi, più che mai (devo dire) il ricordo dei giorni passati si fa sentire in me, uomo ormai maturo, con sempre più insistenza e urgenza. Forse perché la società in cui siamo chiamati a operare a volte ci appare più lontana ed estranea di quanto in realtà non sembri e, nei momenti di più sofferta meditazione e di incertezza, sentiamo il bisogno di ritrovare quelle che sono le radici delle nostre convinzioni, del nostro sentire, del nostro essere. Quelle radici le quali fanno sì che non ci si senta degli alieni, in un mondo in sempre più vertiginoso mutamento.

Faccio scorrere velocemente i fogli sotto il pollice per più di tre quarti del diario, che poi apro a caso.

I

Diario
18/2/1972- Mattino
Addio, caro paese dove sono nato e dove ho trascorso i
più bei giorni che un ragazzo possa desiderare. Addio
cari morti del piccolo cimitero che tante volte mi ha visto
venire a pregare sulle tombe delle persone da me amate,
le quali scomparendo si sono portate con sé una parte di
me e un pezzo di paese che non tornerà più. Addio! Ora
devo andare. La mamma si è già avviata verso
l'automobile e io non posso farla aspettare. Ha fretta di
mettersi in viaggio, perché non vuole ritrovarsi
imbottigliata nel caotico traffico della cittadina che
bisogna attraversare, per imboccare l'autostrada.

Aveva fretta anche lei, come gli altri. Anche lei, ormai,
pensavo costernato, quel lontano e triste giorno che non
dimenticherò mai, campassi cent'anni, si era fatta
risucchiare dal vortice di una società eternamente
affannata, occupata a rincorrere il tempo e a crearsi ansie
e problemi che complicano e rendono sciocca e assurda
la vita.
E pensare, ricordo che mi ripetevo, stizzito e senza darmi
pace, che lei era nata e cresciuta lì! In un posto dove,
all'epoca della mia fanciullezza, si continuava ancora a
trascorrere un'esistenza relativamente tranquilla e serena
e che era ancora "un'oasi incontaminata in cui i ritmi

della vita sono scanditi dalla natura e non dall'uomo"
(così amava ripetere il povero nonno, quando discuteva
animatamente sui vantaggi che offriva la vita di paese,
rispetto a quella di città).

Lei, invece, sosteneva il contrario e si arrabbiava molto,
quando il padre, caparbiamente, rispondeva che mai e poi
mai si sarebbe spostato da casa sua, per andare a vivere
tra la puzza e il rumore della città, come un uccello in
gabbia.

<<Ma non lo capisci che è per il tuo bene?>> , gli diceva
esasperata la mamma.

<<Se ti succede qualcosa qui, dove stai tutto solo, che
fai? Noi siamo lontani, a ottocento chilometri da qui. Lo
capisci questo?>>

<<Io capisco solo che da qui non mi muovo>>,
rispondeva pacatamente, ma con fermezza, il nonno;
aggiungendo immancabilmente:

<<Qui sono nato e qui voglio morire>>.

Mia madre, a quel punto, mi guardava sconsolata e non
parlava più, perché sapeva che sarebbe stato inutile
insistere.

<<Partite pure tranquilli>>, proseguiva poi il nonno,
accarezzando con la mano il capo a mia madre in
lacrime.

<<State sereni, vedrete che non mi succederà niente. Ho
la scorza dura, io; e so badare a me stesso. E poi ho la
compagnia di Miulì, che non permetterebbe mai che mi
accadesse qualcosa di spiacevole. Guardatela, povera
bestia: le manca solo la parola>>.

Miulì era un cane di razza indefinibile con il pelo corto e spruzzato di grandi macchie bianche e nere che il nonno aveva trovato in fin di vita sul ciglio della strada provinciale che passa davanti al cimitero; dove si recava ogni mattina per andare a trovare mia nonna, scomparsa nel dare alla luce mamma. Ci raccontava che era così magro e macilento da fare pietà. Egli, stando attento a non fargli male, lo aveva preso in braccio e lo aveva portato a casa, prestandogli tutte le cure necessarie e nutrendolo con carne macinata e latte, perché difficilmente sarebbe stato in grado di masticare e inghiottire del cibo solido. In questo modo Miulì si rimise rapidamente ed entrò a far parte della vita di mio nonno, rivelandosi straordinariamente docile e affettuoso.

Il suo aspetto era veramente curioso: aveva il corpo snello e slanciato, la testa coperta da una macchia nera che formava una sorta di divertente maschera, il muso lungo, bianco e tempestato di puntini neri, le orecchie (anch'esse nere) dritte e con le punte ripiegate all'ingiù verso l'esterno.

Costantemente vigile, scattava a ogni più piccolo rumore e assumeva un'aria circospetta e allo stesso tempo ansiosa talmente buffa da provocare il riso in chiunque lo avesse osservato. Quando stava in quella posa, bastava battere con energia le mani, messe a mo' di coppa, l'una contro l'altra, per vederlo schizzar via come un fulmine, a cercare riparo sotto il tavolo della cucina o dietro il divano del salotto, tra il divertimento generale. Sembrava che avesse paura persino della sua ombra, tanto era irrequieto e agitato. Il nonno diceva che sicuramente da cucciolo doveva avere subìto dei maltrattamenti, per reagire a quella maniera. Si riusciva a tirarlo fuori dal suo rifugio solo dopo molti tentativi e tante carezze passate lungo tutto il suo corpo tremante.

Ogni volta che gli mettevo addosso una tale fifa, il nonno mi fissava con uno sguardo così severo e dispiaciuto da farmi sentire in colpa per quello che avevo fatto. Allora correvo verso Miulì, accovacciato per terra e tremante, e lo accarezzavo lungamente, sussurrandogli nelle orecchie tante dolci parole, e il senso di colpa che mi opprimeva si stemperava gradatamente a mano a mano che andavano cessando il tremito e i sommessi uggiolìi della povera bestiola, la quale rivolgendomi un lungo sguardo supplichevole mi leccava la mano intenerendomi il cuore. Miulì era diventato il compagno inseparabile di mio nonno e non lo lasciava neppure per un minuto. Erano invecchiati insieme, loro due, ripeteva spesso egli, divertito e commosso, mentre accarezzava teneramente la testa del suo caro amico a quattro zampe; che lo ricambiava strusciàndoglisi contro le gambe, socchiudendo visibilmente compiaciuto i suoi occhioni scuri e leccandogli, di tanto in tanto, la mano, mugolando e scodinzolando.

Quante corse e giochi abbiamo fatto insieme, io e Miulì! Non posso ripensare senza commuovermi alle feste interminabili che mi faceva, ogni volta che mi rivedeva, al mio arrivo nella casa del nonno, dove io e la mamma trascorrevamo le vacanze estive. Un'estate, addirittura, dovetti appoggiarmi al cancello d'entrata, per non cadere, tanto fu l'impeto con cui mi saltò addosso abbaiando e guaendo festosamente. Sembrava impazzito di gioia e non finiva più di saltellarmi intorno, di intrufolàrmisi tra le gambe, di leccarmi il viso, di rasparmi freneticamente e allo stesso tempo con delicatezza il busto e le cosce.

Povero Miulì, forse se lo sentiva che dopo quell'estate non ci saremmo più rivisti e voleva approfittare della mia presenza per festeggiarmi a modo suo!

Diario
18/2/1972 – Sera
Miulì!... Miulì mio, quanto mi manchi anche tu! Caro e indimenticabile compagno di giorni sereni!... ora non ci saranno più corse attraverso i campi odorosi di fiori e di erba così verde da non sembrar vera! Non ci saranno più inseguimenti e agguati a grilli e lucertole in campagna e a spaventatissimi gatti per le viuzze del paese! Non si udranno più, a mezzogiorno e al tramonto, i caratteristici fischi prolungati e modulati su due toni con cui il nonno ti richiamava, per avvisarti che la pappa era nella scodella! Né ti rivedrò più sbucare dai posti più impensati e precipitarti tutto contento nell'angolo del minuscolo giardino dov'era posto il tuo cibo!

E quando potrò tornare dal mio caro nonnino, che sapeva tante di quelle belle storie che incantano, mi toccherà andare a trovarlo nel piccolo cimitero del paese; in quello che ora è diventato il suo giardino, adornato di odorosi cipressi con le cime mollemente dondolanti alla dolce e limpida aria montana, simili a premurose madri che stiano cullando i loro bambini serenamente addormentati.

Oh, cari cipressi, vegliate sempre sul nonno e sulla nonna, che ora riposano uno accanto all'altra alla vostra ombra, e cullateli con quelle nenie che solo voi sapete cantare; quelle straordinarie e infinite nenie fatte di cinguettii di uccellini e friniti di cicale! Io ora devo andare e non so se e quando tornerò. La mamma ha dovuto mettere in vendita la casetta in cui abbiamo trascorso tanti giorni felici, insieme al nonno e a Miulì. Mi ha detto che non siamo in condizioni di tenerla e che la nostra vita non è nel paese, ma in quella fredda e anonima città dove lei ha il lavoro che le permette di tirare avanti e che rappresenta il mio futuro. Un futuro che qui non c'è, secondo lei.

Diceva pure che dal momento in cui non c'era più il nonno non avevamo più legami con quella terra che lei era stata costretta a lasciare quando era ancora molto giovane, perché non c'era lavoro; e che scegliere di vivere lì sarebbe equivalso a morire prima del tempo, a seppellirsi vivi in un luogo dove la gente non faceva altro che aspettare, giorno dopo giorno, la morte.
<<Non vedi che la maggior parte dei suoi abitanti è costituita da persone anziane? Una volta sparite loro finirà di esistere anche il paese, credi a me. Tuo nonno ci stava bene perché apparteneva a un'altra generazione che purtroppo non ha avuto occasione di conoscere altro, all'infuori di questi luoghi e delle montagne che li circondano; ma una persona moderna e al passo con il progresso non può accettare di finire in un buco simile, con tre case e un forno! E io dovrei permettere che mio

10

figlio si privi delle opportunità che solo una città come quella nella quale abbiamo la fortuna di abitare può offrire? Dovrei fare di lui un fallito? Mai e poi mai! Un giorno mi ringrazierai, caro mio>>.

Io ascoltavo con santa rassegnazione le sue ragioni, ma dentro di me non riuscivo a condividerle. Se amavo dal più profondo del cuore quel paesino è perché avevo avuto modo di fare la differenza tra esso e la città in cui sarei dovuto tornare.

Diario
21/6/1972 – Sera
Oggi ho trascorso il mio primo giorno d'estate pensando al nonno e a Miulì che non rivedrò più, insieme al paese.
Qui quando arriva l'estate nemmeno te ne accorgi: tutti i giorni sono uguali, tutte le notti sono uguali. Il cielo è grigio o coperto da un asfissiante velo di caligine che non consente di scorgere né lo stupefacente azzurro che mostrava di avere in paese, né lo straordinario scintillìo delle stelle; la cui vivida luce, insieme a quella più delicata e argentea della luna, aveva del fiabesco, tanto era spettacolare.
Qui il rumore del traffico (incessante, invadente, opprimente!) copre e confonde ogni più piccolo segnale che ci invia la natura. In paese, invece, ricordo che mi svegliavo al canto di un'infinita varietà di uccellini e che prendevo sonno cullato dal gracidìo delle rane, dal frinire dei grilli, dal malinconico e dolce verso dell'assiuolo…

11

Ma... ma sono stato... sono stato proprio io a scrivere questi pensieri?... Non ci posso credere! Eppure non c'è dubbio: questo è il mio diario, e questa è la mia gafia. Dio mio, come sono cambiato!

Diario
1/11/1972 – Mattino
Triste ritorno in paese, oggi! E triste sarà anche la partenza dopodomani! Non posso fare a meno di pensare che qui in paese la gente si conosce tutta e si chiama per nome, e si vive come in una grande famiglia. Tutti trovano tempo per fermarsi a parlare, per scambiarsi un saluto. In città non sei nessuno e ti trovi circondato da volti anonimi, tristi e di un pallore cadaverico. Gli abitanti sembrano dei morti viventi che vanno avanti secondo schemi predeterminati. Là sono le fabbriche e gli uffici a stabilire quando uno deve svegliarsi, comportarsi da persona viva e tornare a cadere in letargo. Non esistono spazi aperti proiettati verso uno sconfinato e suggestivo orizzonte, ma assurde strutture in vetro e cemento che trasformano il paesaggio in un'angusta gabbia che mette addosso un gran senso di oppressione e avvilimento. E questo sarebbe il futuro che mia madre si affanna a volermi dare? No, grazie, preferisco vivere! Un giorno, quando sarò grande abbastanza per decidere da solo della mia vita, tornerò ad abitare qui. Nessuno, allora, potrà separarmi più da te, caro paese che per il momento dovrò accontentarmi di rivedere solo in sogno o nei miei dolci e struggenti ricordi. E mi vedrete venire a pregare qui ogni giorno,

cari nonni; e cari morti tutti. E anche tu, Miulì, che non hai resistito al dolore per la morte del tuo amatissimo padrone e hai voluto seguirlo, non sarai dimenticato mai dal tuo Fabio.

Devo asciugarmi in fretta queste lacrime che mi colano lungo il viso. Non voglio che la mamma mi veda. Ha già tanti problemi e non posso dargliene altri. Ha pianto tanto anche lei per la morte del nonno e continua a piangere di nascosto, quando è convinta che io non la veda. Piange anche per il babbo che non c'è più e che io non ho potuto conoscere.

Già, il mio povero padre. Tutto quello che ho avuto di lui e che ha accompagnato la mia infanzia, l'adolescenza e la giovinezza è costituito da una medaglia d'oro incorniciata in un piccolo quadro e dall'album delle foto scattate il giorno del matrimonio con la mamma.

Anche lui, cresciuto in un orfanotrofio, aveva lasciato la sua regione d'origine in giovane età, dopo essersi arruolato nell'Arma dei Carabinieri. Qualche tempo dopo il suo arrivo in città aveva conosciuto mia madre, che lavorava come infermiera. Essi si innamorarono subito l'uno dell'altra e ben presto si sposarono. Ma la loro felicità fu di breve durata. Infatti un brutto giorno ci fu una rapina in una banca. Mio padre, che in quel momento si stava recando al lavoro, sentendo le urla di una donna spaventata, era accorso generosamente in suo aiuto e un bandito, vedendolo irrompere nella banca, gli aveva scaricato addosso una micidiale raffica di mitra e subito dopo era fuggito via insieme ai suoi complici. La rapina era stata sventata, ma per mio padre non ci fu niente da fare. Così mia madre, incinta di sei mesi, restò sola e, dietro le insistenze del nonno, tornò in paese, dove sono venuto al mondo e dove ho trascorso il mio primo anno di vita. Poi, siccome ella doveva riprendere servizio all'ospedale, altrimenti avrebbe perso il posto, tornammo in città.

Il nonno non avrebbe voluto che la figlia e il nipotino si separassero da lui, ma capiva benissimo che in tre non ce l'avremmo potuta fare a vivere solo con la pensioncina che riscuoteva lui e con quella misera somma che la mamma mensilmente riceveva dallo Stato come vedova di un carabiniere il quale, recita la scritta in eleganti caratteri dorati della pergamena incorniciata insieme alla medaglia: *"accorrendo in soccorso di dieci cittadini inermi tenuti in ostaggio all'interno di una banca da un gruppo di pericolosi terroristi, aveva eroicamente immolato la propria vita; dando, con tale generoso gesto, ai contemporanei e alle generazioni a venire, un fulgido esempio di senso del dovere, di impegno civico e di dedizione alla Patria e agli ideali di Libertà e Democrazia posti a fondamento imprescindibile e irrinunciabile di ogni Nazione civile".*

<<Tutte belle parole>>, diceva il nonno, quando veniva a trovarci, a Natale o a Pasqua, e si soffermava a leggere la pergamena incorniciata e recante elegantissime firme svolazzanti di quelli che definiva "i grossi papaveri".

<<Tutte belle parole, ma con le parole, purtroppo, non si mangia!>>

14

Poi cominciava a fare lunghi discorsi in cui ricorrevano spesso termini come "politicanti", "pensioni d'oro", "iniquo", "corruzione", "clientelismo", "nepotismo", "indecenza". Una loro caratteristica era costituita dal fatto che si concludevano immancabilmente con la parola, pronunciata con disprezzo e indignazione: "vergogna".

Io allora non capivo con chi ce l'avesse il nonno, ma intuivo che parlava di un'ingiustizia che avevano commesso nei confronti del babbo e della sua famiglia, e di tutti coloro i quali si trovavano nelle nostre stesse condizioni. E pensavo che coloro i quali si erano resi responsabili di un atto tanto brutto da suscitare l'ira e lo sdegno del nonno, di solito calmo e sereno, dovevano essere veramente cattivi o, come ripeteva con foga lui, "dei grandi delinquenti".

La mamma, di fronte a quelle sfuriate, abbassava il capo e restava in silenzio fino a quando il nonno non aveva esaurito le sue argomentazioni. Poi gli diceva che era inutile arrabbiarsi per quelle cose, perché tanto la situazione non sarebbe cambiata.

<<Chi comanda fa legge e chi no o si adegua o finisce per stare male. L'importante è sentirsi a posto con la propria coscienza. E io, da questo lato, mi sento tranquilla>>.

<<Hai ragione, hai ragione>>, rispondeva il nonno, <<ma quando penso a certe ingiustizie non riesco a trattenere la mia rabbia. È più forte di me, credimi>>.

Povero nonno!... non oso pensare a come avrebbe reagito, di fronte alle "gesta" di cui si rendono protagonisti quelli che fanno politica oggi. Sicuramente sarebbe morto di crepacuore, nel vedere in mano a chi è finita l'amministrazione della cosiddetta "cosa pubblica". Ai suoi tempi, infatti, pur non mancando corruzione e clientelismo, tra i "rappresentanti del popolo", erano almeno assenti malcostume, arroganza, ignoranza e incompetenza. Allora, almeno, chi ricopriva cariche e ruoli istituzionali particolarmente importanti e delicati, sapeva quello che faceva e comunque aveva dovuto fare un lungo periodo di apprendistato o, come si diceva, di "gavetta" all'interno di un partito. Inoltre doveva avere buona cultura e altrettanta buona educazione (ovviamente anche all'epoca c'erano, purtroppo, delle eccezioni; ma, appunto, erano delle eccezioni e non la regola).

Al presente, invece, dove regnano sovrane ignoranza, presunzione, pressappochismo e maleducazione, basta essere nel posto giusto al momento giusto e… pàffete!... uno scalzacani qualsiasi si ritrova a fare e disfare pur non avendo la benché minima competenza. Ma anche questo è un segno dei nostri tempi, contraddistinti da una deriva morale e culturale che non ha eguali nella storia del nostro travagliatissimo Paese.

Io chiamo questo buio periodo "l'era della coda". Ciò perché ho fatto mia la morale di quella favola di Esopo in cui si racconta che un giorno la coda e la testa del serpente bisticciarono tra loro a proposito di chi dovesse guidare l'animale. La coda, infatti, protestava perché secondo lei non era giusto che dovesse essere sempre la testa a condurre il serpente. E quindi rivendicava il diritto di esercitare a sua volta la funzione fino allora svolta dalla testa. Così insisti oggi, insisti domani, la coda finalmente ottenne di mettersi al posto della sua antagonista, con il risultato che, non avendo occhi e altri organi di senso, fece precipitare il serpente in un burrone, provocandone in tal modo la morte.

Ma basta con queste amare considerazioni e, tornando a quel caro buon vecchio di mio nonno, non posso che essere felice per lui, che se n'è andato in tempo per non assistere al degrado che oggi dilaga ovunque. Egli, dunque, discutendo con la mamma a proposito delle ingiustizie che vedeva, si dichiarava ferito e arrabbiato e chissà a quale filippica avrebbe dato luogo se non fosse stato opportunamente distolto dai suoi ragionamenti.

<<E Miulì? Chi si occupa di lui durante la tua assenza, eh?>>, chiedeva allora la mamma. Non voleva che io ascoltassi dei discorsi che avrebbero potuto turbare la mia serenità.

<<Oh, povero Miulì!>>, rispondeva il nonno.

<<Sapessi come ha abbaiato e uggiolato, quando sono partito! Ho lasciato l'incarico di accudirlo a Raffaelino, il figlio di Mariuccia. È a lui che affido sempre questo compito, non te lo ricordi? Te l'avrò ripetuto mille volte. Dovresti vedere le feste che mi fa ogni volta che torno, povera bestia!>>

<<Senti>>, gli chiedeva la mamma, <<quand'è che ti deciderai a venire ad abitare con noi? Fabio sarebbe tanto contento, sai? Tu sei molto importante per lui. Insieme vi fareste buona compagnia>>.

<<Perché mi chiedi sempre la stessa cosa, se lo sai che non è possibile? Ti ho già detto che il cane non

riuscirebbe a vivere in un appartamento e soprattutto in questo condominio, dove c'è un regolamento che vieta severamente l'introduzione di qualsiasi tipo di animale.

<<Eh, dài! Non venirmi di nuovo fuori con questa scusa, per favore. Lo regali a Raffaelino o a qualcun altro con cui sta volentieri e te ne vieni quassù. D'altra parte lo lasci pure per dei lunghi periodi, quando vieni a trovarci. E non mi pare che quando ritorni in paese lo ritrovi morto o malridotto>>.

<<Ma che discorsi fai? Un conto è stare via un mese, un altro è non tornare più. E poi non è vero che Miulì non soffra, quando sono lontano. I vicini, le ultime volte, si sono lamentati perché non ha fatto altro che ululare tutte le notti, durante la mia assenza. E qualcun altro mi ha detto anche che è diventato aggressivo. Come pensi che possa abbandonarlo? Bisognerebbe essere senza cuore, per fare una cosa simile>>.

<<Dài, papà, non essere patetico! Di' piuttosto che non vuoi andartene dal paese. Ma ti rendi conto che sei da solo? E se di notte dovessi sentirti male chi chiameresti, eh? Ci pensi mai a questo? Lo vuoi capire che laggiù non hai nessuno che possa occuparsi di te? Lo vuoi capire? Se vieni qui, invece, puoi contare sulla certezza di avere una figlia che ti sta vicino in ogni momento e può prendersi cura di te. Quando sei da solo chi ti lava la biancheria, chi ti stira, chi ti cuce, chi accudisce la casa, chi ti prepara da mangiare? Ma perché devi essere così testardo? Non capisci che mi fai stare sempre preoccupata? >>

<<E tu non starci. Sai bene che so cavarmela da solo. D'altra parte, sentiamo: chi si è preso cura di te quando eri piccola?>>

<<Ma allora eri giovane e in forze>>.

<<Perché, ora sono forse vecchio?>>, rispondeva ridendo il nonno.

<<Guarda, non mi cambierei con un giovane di adesso nemmeno per un miliardo. Quelli della mia generazione, cara mia, sono di tutt'altra tempra e resistenza. Senti che muscoli>>, diceva stringendo i pugni e ripiegando ai lati della testa gli avambracci, strizzandomi l'occhio.

<<Questi sono acciaio puro, altro che storie!>>, aggiungeva divertito e inorgoglito allo stesso tempo.

<<Sì, bravo, fai lo sbruffone!>>, bofonchiava la mamma per tutta risposta, allontanandosi in direzione della cucina o del bagno, per non litigare.

<<E poi chi penserebbe a curare la tomba di tua madre?>>, la inseguiva lui con la voce.

<<Lo sai bene che non la abbandonerei per alcun motivo>>.

<<Fai come vuoi, la vita è tua. Ma devi renderti conto che la mamma non c'è più da trentacinque anni e nulla potrà riportarla in vita. L'unica cosa che può esserle veramente utile è la preghiera, e per pregare non c'è bisogno di essere in un determinato posto. La verità è che le tue sono tutte scuse per non lasciare quelle quattro pietre scalcinate tra le quali ti senti protetto e tranquillo e che invece possono trasformarsi in una trappola mortale, per una persona anziana che vive da sola>>.

<<Senti, Anna, non è il caso di continuare a parlare di queste cose. Facciamoci un bel caffè e non pensiamoci più. Tanto ognuno di noi, alla fine, resterà della propria opinione>>.

<<Oh, non ne dubito, vecchio testone, non ne dubito>>.

<<E poi sai che ti dico? Che fino a quando sarò in forze e con un briciolo di discernimento voglio vivere come ho sempre fatto: in un posto tranquillo e in grazia di Dio. Tu ti ostini a non voler capire che se dovessi venire a stabilirmi qui finirei per ammalarmi davvero e morire in poco tempo. È già troppo se riesco a trascorrerci una ventina di giorni o al massimo un mese. Mi piace stare con voi, ma nemmeno posso sentirmi come un recluso, specialmente quando non siete in casa per via dei vostri impegni di lavoro e di studio. Inoltre, se esco, devo guardarmi continuamente attorno e stare attento a dove metto i piedi per via del traffico o delle altre diavolerie che sono là fuori. L'aria il più delle volte è irrespirabile e con la mia asma allergica non c'è da stare tanto allegri, come dovresti ben sapere proprio tu che sei infermiera. Il cielo sembra non esistere, il paesaggio, poi, te lo raccomando. Il rumore è assordante e continuo e la notte non c'è verso di chiudere occhio. Quel poco verde che c'è è patetico e squallido. La gente, poi, va sempre di fretta e se procedi a passo lento rischi di essere continuamente urtato e spintonato, se non addirittura di finire per terra e di essere calpestato. Grattacieli e palazzi sembrano volerti chiudere in una morsa grigia e fredda, facendoti sentire come un animale allo zoo. Ma me lo dici come ci può resistere una persona sana di mente in

un simile manicomio? Dici che posso morire, se resto in paese? E va bene, quando la morte arriverà sia la benvenuta; ma sicuramente arriverà molto più tardi laggiù che qui. E io gli occhi li voglio chiudere dove li ho aperti per la prima volta, venendo al mondo. Voglio andarmene dal Padreterno portando impressi in essi i miei paesaggi, i miei luoghi, i volti della mia gente>>.

<<Il caffè è pronto, brontolone>>, lo interrompeva la mamma, con un sorriso di pacata rassegnazione disegnato sul viso.

Sfoglio le pagine del diario senza seguire il loro ordine di successione, andando continuamente avanti e indietro, alla ricerca di date e annotazioni per me particolarmente significative o anche nella speranza che questo mio modo di procedere mi faccia balzare davanti agli occhi eventi e persone il cui ricordo si è andato progressivamente affievolendo nel tempo. Più tardi, nell'intimità della mia nuova casetta, me lo leggerò da cima a fondo senza perderne un solo passo. Dov'è la pagina che scrissi il giorno della morte del nonno?... dove si trova?... Ecco, dovrebbe essere verso... Vediamo... vediamo...; 11 gennaio... no, è più avanti, perché il nonno è morto l'11 febbraio del 1972, e quindi andiamo avanti e... eccola! Mio Dio, che emozione! Non credevo che un uomo della mia età potesse provare ancora sensazioni simili a quelle di un adolescente. Eppure, nonostante i miei sessanta e più anni, mi sento ancora come un adolescente. Incredibile!

Diario
11/2/1972 – Sera
Povero nonno, ci ha lasciato pure lui. È andato via all'improvviso, l'altro ieri. I vicini hanno detto che non ha sofferto. Era appena rientrato dalla sua solita passeggiata in campagna, insieme a Miulì. Il tempo di salutare Mariuccia e il marito con un breve cenno della mano e "pùnfete"! È crollato a terra senza un lamento, come se si fosse addormentato di colpo. Miulì lo ha seguito il giorno seguente, dopo aver passato tutta la notte a latrare e guaire disperatamente.
Addio, nonnino! Addio, Miulì! Addio, caro paesello!

Mentre leggo queste pagine di diario, mi pare ancora di sentire la voce di mia madre:
<<Fabio!... Fabio!... Su, vieni. È ora di andare... So che per te è doloroso, ma devi farti una ragione di tutto questo. Oramai sei un ometto (tra qualche mese compirai quindici anni, lo sai?) e devi imparare ad accettare anche le cose più brutte della vita, altrimenti non crescerai mai>>.
<<Sì, mammina, sono pronto>>, avevo risposto con una mesta rassegnazione. Ma le mie gambe si muovevano a fatica e sembravano che fossero diventate più pesanti del piombo.
<<Fabio!... Insomma: ti muovi sì o no?...>>
A quell'ulteriore richiamo spazientito di mia madre mi avviai verso l'automobile, ma non senza essermi girato indietro un'ultima volta a guardare il grande cancello di ferro che, nel richiudersi, aveva fatto udire un lacerante

stridìo. Allora un ultimo sguardo, un ultimo ideale abbraccio, un'ultima promessa:

<<Mamma!...>>, esclamai, stringendomi forte forte al suo petto.

<<Mamma, promettimi che se dovessi morire prima di te mi farai seppellire qui!>>

<<Ma che dici, figlio mio? Che discorsi mi fai, adesso?...>>

Sento ancora, come se fosse oggi, la sua guancia premere fortemente sulla mia testa; e le sue mani stringersi fortemente attorno al mio corpo tremante.

<<Mamma, ti prego!... Promettimi...>>

<<Promesso!... Promesso!... Ma ora pensa ad essere forte, perché da questo momento sei l'unico uomo della famiglia e io devo sapere di poter contare su di te. Mi prometti, allora, che non ti farai più venire in mente questi brutti pensieri? Eh?... Me lo prometti?>>

<<Sì, mamma, te lo prometto!>>

<<Bene. Allora possiamo andare!>>

Prima di allontanarci definitivamente recitammo insieme l'Eterno Riposo per i nostri cari e per tutti gli altri morti.

Un istante dopo il cimitero scomparve dietro la curva e io presi a fissare come inebetito la strada che ci si snodava davanti, pensando al nonno che non avrei visto più, agli amici, alla gente e al paese, compagni di tanti e indimenticabili giorni sereni e felici; che sarebbero stati, ormai, solo un dolce e allo stesso tempo triste ricordo e niente più.

Tuttavia una volta all'anno, di solito in occasione della commemorazione dei defunti, io e la mamma facevamo una fugace visita al cimitero del paese; e non dico la pena che mi serrava come in una morsa il cuore!... sia per le nuove file di loculi che a mano a mano divoravano il verde prato dell'antico camposanto (loculi sulle cui lapidi vedevamo con un misto di sconcerto, sorpresa e sgomento, le foto di persone a noi familiari e nel nostro ricordo sempre giovani e vive), sia per i cambiamenti che coglievamo nella struttura del paese e nella sua gente, tra cui da un anno all'altro vedevamo sempre più volti sconosciuti ed estranei. Forse è anche per questo che, da quando non c'è più mia madre, non sono più tornato in paese.

Un giorno o l'altro, però, ci tornerò. Sì, sto pensando di tornarci, fosse pure per un giorno; perché ho un grande desiderio di andare a pregare sulle tombe dei miei nonni e delle persone che tanto hanno contato nella mia vita. Devo vincere il senso di smarrimento che mi coglie al solo pensiero di ritrovarmi di fronte a una realtà che sicuramente non mi piacerà. Devo accettare il fatto che la vita è in continua evoluzione e che quel che è stato non può tornare più, se non nel ricordo, in questa meravigliosa capacità di rivivere il passato che ha la mente umana.

Grazie a questa nostra facoltà niente e nessuno, a ben riflettere, è definitivamente e irrevocabilmente morto.

II

Diario
20/2/1972 – Sera
Oggi siamo tornati in città. Com'è stato straziante, per
me, il viaggio! Mi è sembrato più lungo del solito. La
mamma, vedendomi cupo e chiuso in un ostinato
mutismo, ha cercato di risollevarmi parlandomi del
nonno come di un uomo che in vita non si è mai lasciato
scoraggiare dalle avversità e sopraffare dalla tristezza.
Ha anche aggiunto che egli continua a vegliare su di noi
sotto forma di anima benedetta e che se ci vede afflitti
soffre e non può entrare in Paradiso, per riunirsi con la
nonna e il babbo. Infatti solo le anime completamente
libere da ogni preoccupazione terrena possono varcare
la porta del Paradiso e godere della pace eterna e della
Grazia di Dio. Quindi dobbiamo fare in modo di aiutare
le anime dei nostri morti a raggiungere il più presto
possibile il Regno di Dio pregando per loro, non
piangendo e disperandoci, perché così facendo le
costringiamo a stare in pena per noi e di conseguenza
non riescono ad abbandonare definitivamente il mondo
dei vivi, che ne contamina la purezza. Insomma, piangere
e disperarsi per la morte di un nostro caro a lungo
andare diventa un atto di egoismo e non di amore.

Mi rivedo ancora, come se fosse oggi, nell'automobile
insieme a mia madre, quel triste giorno in cui siamo

andati via sapendo che non avremmo più rivisto il nonno. Rivedo ora come allora passare sulla nostra sinistra, uno dopo l'altro, gli edifici che ospitano le scuole elementari e medie e l'asilo comunale.

Dietro quest'ultimo c'è il minuscolo prato su cui io e i miei amici davamo vita a interminabili partite di pallone, prima che in paese venisse realizzato un vero e proprio campo di calcio. Quante epiche battaglie abbiamo combattuto strenuamente su di esso, cercando di emulare le gesta dei grandi campioni, che allora erano i nostri idoli!

E quante fughe siamo stati costretti a fare, a causa delle improvvise irruzioni della guardia comunale su quello che consideravamo il nostro regno.

Spesso "Nasopizzuto" (lo chiamavamo così per via del suo naso adunco e appuntito), in queste sue spedizioni punitive, si faceva aiutare da "Enneù", uno spilungone che faceva lo spazzino comunale e che credeva di avere una qualche autorità per il fatto di portare in testa un berretto olivastro simile a quello del suo "collega", con un bel fregio dorato sul davanti costituito da due rami, forse di alloro, formanti un semicerchio con al centro le lettere "N. U.", iniziali delle parole "Nettezza Urbana" (e questo è il motivo per cui gli avevamo appioppato un tale nomignolo).

I due spuntavano quando meno te lo aspettavi e se non eri svelto a sgattaiolare via, abbattendo un pezzo della rete di recinzione che dava nell'orto di Alessandro, erano dolorosissime cinghiate sulle gambe.

Due erano le vie di accesso al campetto: una sulla sinistra e l'altra sulla destra dell'asilo. Era impossibile uscire, una volta che esse venivano bloccate, perché a sinistra c'era un alto muro di cemento sormontato da una rete, a destra un'altra rete la quale serviva a evitare che i bambini dell'asilo cadessero nella sottostante strada provinciale, dopo aver fatto un volo di parecchi metri. Fortunatamente il terzo lato, quello che si trovava nella parte opposta alla doppia entrata, dov'era la facciata posteriore dell'asilo, costituiva la nostra uscita di sicurezza. Infatti, pur essendo anch'esso delimitato da un muricciolo sormontato da una rete, presentava un provvidenziale varco. Il quale si apriva a sinistra della rete, nel punto in cui questa si attaccava al paletto di ferro infisso sulla sommità del muretto e addossato all'alto muro che correva lungo tutto il lato della prima entrata. A dire il vero, l'apertura era stata praticata da noi, che pazientemente avevamo modificato l'estremità del grosso filo di ferro che assicurava la rete al paletto. Avevamo fatto in modo che questa assumesse la forma di cappio, così potevamo sganciare e agganciare a piacimento la rete al paletto e dileguarci attraverso l'orto di Alessandro. Tale espediente si era reso necessario non tanto per sfuggire alle persecuzioni dei tutori dell'ordine del paese, quanto per poter avere il modo di andare a recuperare il pallone tutte le volte in cui esso finiva dall'altra parte. La qual cosa avveniva di frequente, visto che sul lato in questione era posta una delle porte del campetto, delimitata dal tronco di un giovane tiglio da una parte e da una pietra dall'altra. Si era stabilito, per non dar luogo a inutili e interminabili battibecchi, che a raccogliere la palla andasse colui che l'avesse toccata per ultimo, a eccezione del portiere. Ma anche con questo accordo non sempre si riusciva a proseguire la partita in santa pace, perché la sfera con la quale trascorrevamo interi pomeriggi disgraziatamente era di plastica o, come si leggeva su di essa, di "vipla". E siccome al di là della rete c'era, a destra dell'orto di Alessandro, un piccolo salto che dava su un terreno incolto coperto da un intrico di rovi e acacie, i palloni potevano tornare su con qualche spina conficcata sulla loro superficie e in breve tempo si sgonfiavano.

Mi torna in mente l'epica partita che giocammo un caldo pomeriggio d'estate. Si trattò di una sfida tra tifosi di due tra le squadre di calcio di serie A più amate e seguite dai ragazzi. L'incontro finì cinque a cinque e se non si fosse fatta sera si sarebbe protratto a oltranza, tanta era la voglia di affermare la superiorità della squadra del nostro cuore.

Tutto aveva avuto origine da una delle solite e accese discussioni su chi fosse la squadra più forte. Alberto e Giampiero sostenevano che i loro idoli erano i più forti in assoluto, perché avevano vinto la "Coppa dei Campioni" (così si chiamava, allora, la *UEFA Champions League*), il trofeo più ambito dalle squadre di tutta Europa. Io e gli altri amici ribattevamo che i nostri beniamini erano i più forti di tutti, perché erano gli unici a potersi fregiare della stelletta indicante la vincita di dieci campionati nazionali. <<Questo sta a dimostrare quanto siamo più forti noi, che con meno scudetti siamo riusciti a ottenere due Coppe dei

Campioni. Voi, invece, che ne avete vinti dieci, non siete ancora riusciti a vedere neanche la "Coppa del Nonno"!>>, ribatteva Alberto, beffardo.

<<Guarda che al tempo in cui noi eravamo fortissimi la Coppa dei Campioni non esisteva ancora!>>, rispondevo io, con il viso infiammato dalla rabbia. E proseguivo:

<<Se una simile competizione fosse esistita ai tempi dei cinque scudetti consecutivi, oggi di coppe ne avremmo dieci!>>

<<Ma non dire fesserie!>>, interveniva Giampiero, tutto agitato. La verità è che voi non avete la capacità di conquistare un bel niente, al di fuori del campionato nazionale. Per giocare e vincere in Europa ci vuole classe, caro mio, altro che!>>

<<Voi siete solo stati più fortunati di noi, ecco tutto!>>, sbottava Franco.

<<Noi abbiamo sempre tutti contro, a cominciare dagli arbitri. Ecco perché non abbiamo ancora vinto la Coppa dei Campioni!>>

<<Se è per questo, non avete vinto nessun tipo di coppa europea>>, gli rispondeva Lucio, sogghignando.

<<E questo vuol dire una cosa sola: che voi all'estero non servite a niente, punto e basta!>>

<<Ma se voi siete tanto forti, com'è che l'ultima volta vi siete fatti battere in casa per quattro a uno?>>

<<Tutta fortuna!>>

<<Fortuna un corno, caro mio! La verità è che non ci avete capito nulla. Vi abbiamo fatto ballare la rumba, campioni!>>

<<Vedremo al ritorno!>>

<<Cosa, altre quattro noci?>>

<<Sì, sì, fate i gradassi. Vedrete quando si giocherà in casa vostra!>>

<<Ah!-Ah! Ci fate ridere, ci fate! Vi sbraniamo in un solo boccone!>>

<<Ah, sì? E chi siete, per sbranarci, dei leoni?>>

<<L'hai proprio detto!>>

<<Bei leoni, siete: ruggite in patria e miagolate in Europa!>>

<<Già, ma intanto veniamo a farvi pelo e contropelo in casa!>>

<<Noi abbiamo dei trofei che voialtri neppure vi sognate!>>

<<E voi la stelletta d'oro la dovete vedere con il binocolo!>>

<<Noi vi battiamo quando vogliamo, sbruffoni!>>

<<Questo è ancora da vedersi, presuntuosi!>>

<<Accettate di battervi con noi e ve lo dimostreremo!>>

<<Quando volete!>>

<<Bene, allora facciamo domani, alle tre e mezzo in punto!>>

<<D'accordo, ci vedremo domani alle tre e mezzo in punto!>>

Se penso che in seguito, acquisita la cosiddetta età della ragione, non mi sono più interessato di calcio (almeno non di quello giocato a livello professionistico), stento a riconoscermi in quel ragazzino che se la prendeva così a cuore, quando si parlava di squadre e di giocatori. Attualmente, infatti, sono solito definire un incontro di calcio come un gioco in cui ventidue milionari in calzoncini corti e calzettoni si divertono a rincorrere e prendere a calci una povera sfera di cuoio all'interno di un rettangolo verde. Ma a quei tempi ero di tutt'altro avviso e non mi sfiorava neppure l'idea che dietro un tale sport ci fossero così tanti interessi economici.

Il mattino seguente l'avevamo passato a fare pretattica e a stabilire la formazione. Io, come al solito, avrei giocato nel ruolo di portiere. Questo non perché fossi bravo tra i pali, ma semplicemente perché per il pallone ero negato e in qualsiasi posto del campo fossi stato sarei stato capace solo di fare danni. In porta, invece, che aveva dei limiti non esattamente precisati ed era sicuramente più corta di quelle regolamentari, anche una schiappa sarebbe potuta riuscire di una qualche utilità. Insomma, là qualche smanacciata alla palla potevo sempre darla, rendendomi così utile. L'importante, comunque, era raggiungere un numero sufficiente di giocatori da disporre sul terreno di gioco; dove, data la sua modesta estensione, si giocava sei contro sei. Il più delle volte, però (quando non c'erano incontri importanti), si giocava "alla caciara", cioè con una sola porta e quindi con un portiere che non era compagno di squadra di nessuno, e che spesso svolgeva anche il compito di arbitro. La porta era costituita, da entrambe le parti, dal fusto di un giovane tiglio su un lato e da una pietra sull'altro. La traversa era una linea immaginaria che pressappoco veniva situata all'altezza della fine del tronco, là dove cominciavano a dipartirsi i rami dell'albero. Quello della traversa era argomento di continue discussioni sulla validità o no di

31

una rete, visto che ognuno la vedeva a modo suo (e non poteva essere diversamente), sui tiri alti. Lo stesso avveniva intorno all'esatta ubicazione del palo costituito dalla pietra.

Ma i problemi esistevano anche per l'intero campo da gioco: stretto, corto, con i lati irregolari e con una bella fila di giovani tigli piantati, uno dietro l'altro, per tutta la sua lunghezza e quasi al centro; tanto che oltre agli avversari in carne e ossa bisognava scartare anch'essi, per poter arrivare a tu per tu con il portiere. Quando, poi, si trattava di tirare verso la porta situata a ridosso del muro dell'asilo, bisognava stare particolarmente attenti a non mirare troppo in alto, poiché così facendo si rischiava non solo di rompere i vetri delle finestre che si affacciavano su quel lato, ma anche di perdere irrimediabilmente il pallone; il quale, una volta finito dentro, veniva puntualmente bucato e tagliato in due emisferi dalla bidella inferocita.

È inutile dire quale grande numero di palloni avessimo perso, per via di quella vecchia megera sempre pronta a inveire contro di noi e a definirci delinquenti e scostumati. Ed è altrettanto inutile parlare delle busse che per colpa sua ci davano i nostri genitori, ogni volta che quella là andava a lamentarsi con loro per i vetri rotti o per la testardaggine che dimostravamo nel non volercene andare a "fare la commedia" (cioè baccano) da un'altra parte. Era lei che istigava continuamente la guardia contro di noi. Quant'era antipatica!

Come centravanti avrebbe giocato Franco, il quale si era incaricato anche di battere le eventuali punizioni di prima, consistenti nel tirare direttamente in porta, nel tentativo di segnare la rete. I rigori, invece, se ce ne fossero stati, li avrebbe tirati Tonino, a cui era stato affidato il ruolo di ala sinistra. All'ala destra avrebbe giocato Giuliano, mentre Gianfranco sarebbe stato terzino sinistro, insieme a Luigi, terzino destro e all'occorrenza mediano.

Tali disposizioni erano state fatte in base a quello che pensavamo potesse essere lo schieramento degli avversari. Essi in porta avrebbero avuto Marco, il quale in tale ruolo, a differenza mia, ci sapeva fare davvero. Come terzini c'era da scommettere che avrebbero messo Lucio sulla sinistra ed Enzo sulla destra. Tutti e due avevano la caratteristica di lanciarsi in avanti, lungo le fasce, e di fare micidiali traversoni per la testa di Alberto e Giampiero, temutissimi centravanti il primo e ala sinistra il secondo, particolarmente abile nel gioco di testa. All'ala destra, infine, ci sarebbe stato quasi sicuramente Venanzio, soprannominato "Riva" per via del suo potentissimo tiro.

La nostra formazione, benché priva di forti individualità come quelle che potevano vantare quegli sbruffoni, era più affiatata e altruista e in più badava al sodo, invece di perdersi in palleggi e virtuosismi di cui, invece, si compiacevano gli altri. L'unico vero punto debole era costituito da me, però era pur vero che prima di arrivarmi di fronte bisognava vedersela con due mastini come Gianfranco, che aveva modi spicci e rudi, e Luigi, astuto come una volpe e praticamente instancabile.

La prima rete la mise a segno Alberto, con una splendida rovesciata sotto porta. Noi pareggiammo un minuto dopo: lancio dalla sinistra di Franco e colpo di testa di Tonino. Il primo tempo, per farla breve, terminò 4 a 2 per loro. Al trentesimo del secondo tempo eravamo fermi sul 5 a 5 e la partita era più infuocata che mai. Domenico, che siccome tifava per una squadra diversa dalle nostre era stato scelto come arbitro, aveva il suo bel da fare, per non far degenerare la partita in un incontro di rugby. Praticamente non ce n'era uno che non avesse ricevuto un'ammonizione e quando Lucio, che ne aveva già beccate due, fu ammonito una terza volta, si scatenò il pandemonio. Infatti era stato stabilito che alla terza ammonizione ci sarebbe stata l'espulsione. Attorno all'arbitro si accalcavano non solo quelli dell'altra squadra, che volevano farlo tornare sulle proprie decisioni, ma anche i nostri, i quali gridavano che l'espulsione andava eseguita senza tante storie. Nessuno si preoccupava più nemmeno di andare a recuperare il pallone finito giù, nei campi posti a lato della strada provinciale, tanta era la foga con cui ognuno urlava le proprie ragioni a Domenico, dicendogli di tutto.

Ma proprio nel bel mezzo di questo parapiglia, all'improvviso Raffaele, che era uscito un momento dal campetto per togliersi dalla scarpa un fastidioso sassolino, scattò in piedi come una molla e prese a correre come un forsennato verso la rete di recinzione da noi modificata per le fughe (quella che dava sull'orto di Alessandro). E passando come un fulmine in mezzo a

noi, sorpresi e smarriti da questo suo comportamento insolito, ci gridò:
<<Ehi, scappiamo! Andiamo via! Scappiamo!... stanno arrivando Nasopizzuto ed Enneù! Presto!... presto!>>
Non aveva ancora finito di avvertirci che, inaspettati come fantasmi, apparvero ai due ingressi posti ai lati dell'asilo i nostri eterni persecutori. Entrambi, per toglierci ogni possibilità di fuga, si piazzarono davanti al corridoio di propria competenza, leggermente chinati in avanti e con braccia e gambe allargate, come maldestri portieri che si accingessero a parare un calcio di rigore.
<<Ah!... ci siete capitati alla fine!>>, esclamò con voce beffarda Nasopizzuto, che nella divisa nera da guardia con ricami dorati incuteva in noi ragazzi un sacro terrore. Sotto la visiera del berretto, un po' in ombra, si scorgevano due occhi dallo sguardo cattivo e un naso aquilino che conferivano al suo aspetto un non so che di grifagno e inquietante allo stesso tempo.
Il suo "collega", invece (e dico collega perché tale Enneù si considerava e voleva essere considerato), nonostante si ingegnasse in tutte le maniere di apparire torvo e minaccioso, risultava esilarante; anche se in frangenti come quello a nessuno sarebbe saltato in mente di mettersi a ridere neppure per un istante. Si era troppo impegnati, infatti, a schivare le dolorose cinghiate che i due riuscivano ad affibbiare con rara abilità.
L'aspetto divertente di Enneù veniva preso in considerazione solo dopo che tra lui e noi era stato messo un buon centinaio di metri di distanza. Era allora che noi, fatti arditi dalla lontananza, davamo vita a sfrenati

caroselli conditi di boccacce e pernacchie all'indirizzo di quel povero cristiano, il quale, impotente, minacciava sfracelli di ogni genere, se ci avesse messo le mani addosso.

Questi suoi sfoghi si concludevano, invariabilmente, con la seguente frase, rivolta, di circostanza in circostanza, a qualcuno di noi in particolare; quello che, forse per vendicarsi di qualche cinghiata ricevuta in occasione del "raid", era apparso il più irriverente sia nel motteggiarlo che nel fargli qualche brutto gesto:

<<Non te ne incaricare, che ti riacchiappo. Dove vuoi andare: per le macchie?[1] Prima o poi mi ricapiterai e allora ti farò passare il sonno! Ti annerirò le gambe, ti annerirò; quant'è vero Dio!>>

Ciò che faceva di Enneù un personaggio comico era legato non solo al suo aspetto fisico, ma anche al carattere. Egli era un uomo sulla sessantina, alto, magro, con le guance leggermente incavate e due occhi tondi grigio-verdi ficcati sotto delle sopracciglia piuttosto folte, ispide e biancastre. Lo stesso colore e una consistenza quasi stopposa avevano i pochi capelli rimastigli intorno alla testa, lucida e simile a una di quelle pere allungate e macchiettate. Ma l'elemento decisamente caratterizzante del suo volto era un enorme e pronunciato naso carnoso simile a un grosso peperone che, quando egli si alterava (il che accadeva spesso) diveniva paonazzo, specialmente sulla punta, e finiva per assomigliare a una melanzana.

---

[1] Per le macchie = per i boschi.

Di carattere era fondamentalmente buono e generoso, ma piuttosto permaloso e facilmente suscettibile. L'aspetto in lui predominante era una grande vanità che lo spingeva ad assumere atteggiamenti ridicoli. Ricordo, ad esempio, come appariva goffo quando, con un piccolo block notes in una mano e un lapis nell'altra, si piazzava ritto e impettito davanti a noi e cominciava a scrivere, diceva lui, i nostri nomi, per farci quella che chiamava "contravvenzione".

Però, siccome noi sapevamo che non era in grado né di scrivere né leggere, gli chiedevamo di farci vedere i nostri nomi scritti su quei foglietti, dove invece erano stati fatti dei segnacci senza capo né coda. Egli allora diveniva furibondo e con il viso infuocato dalla rabbia rimetteva il blocchetto nel taschino della camicia di fustagno e minacciava di portarlo ai carabinieri, così avremmo imparato l'educazione. E quando qualcuno, più sfacciato, gli diceva che i carabinieri non avrebbero saputo interpretare i suoi scarabocchi, egli, alzando con un fiero scatto la testa come un gallo e lanciando attorno uno sguardo minaccioso, si riaggiustava il suo berretto con il fregio dorato, a indicare che chi avevamo di fronte era un'autorità alla quale i carabinieri dovevano rispetto e considerazione, e riprendeva in mano il blocchetto poco prima riposto, sfogliandolo e facendo a uno a uno i nostri nomi. Poi, ripresa pure la matita, si metteva a fare altri misteriosi segni, con un impegno e un'attenzione tali da lasciar credere, per un momento, che stesse scrivendo sul serio chissà qual sorta di verbale. In quelle occasioni di così grande concentrazione metteva fuori la lingua, la cui punta andava a toccare un lato del labbro superiore, e di tanto in tanto vi inumidiva la punta del lapis, per farlo scrivere meglio.

<<Ecco fatto!>>, diceva poi, chiudendo il temutissimo block notes. <<Ora vado in Comune, faccio chiamare i carabinieri e vedrete come vi faranno un bel papìpero e vi accomoderanno per le feste>>.

Il "papìpero", nel suo approssimativo e colorito italiano, era il papiro, ovvero la denuncia.

Qualcuno rispondeva che lui non era la guardia, ma la maggior parte di noi non si sentiva più tanto sicura e i meno grandi si mettevano perfino a piangere, perché non volevano finire in prigione. Gli altri, invece, avevano paura che quanto era avvenuto potesse essere scoperto dai rispettivi genitori; e in quel caso apriti cielo! Un bel paio di ceffoni non glieli levava nessuno, senza contare che sarebbero stati puniti con il divieto assoluto di uscire per diversi giorni.

Povero Enneù, quante corse gli abbiamo fatto fare dietro a noi, con quella sua cinghia marrone scuro che fischiava sinistramente nell'aria! E quante volte lo abbiamo fatto arrabbiare, con il nostro comportamento non sempre giustificabile.

Ora anch'egli riposa da tempo nel piccolo cimitero del paese, in compagnia di tante altre persone che ho conosciuto e che si sono portate dietro un piccolo pezzo di storia del paese e della mia vita, insieme a una parte di cuore. Riposa in pace, caro Enneù! E riposino in pace tutti coloro che dormono insieme a te.

III

Ma, tornando a quel lontano e caldo pomeriggio estivo in cui Nasopizzuto ed Enneù fecero la loro ennesima improvvisa apparizione, ci fu un parapiglia generale: chi scappava di qua, chi di là, facendo una grottesca gimkana tra gli alberi e saltando come camosci, nel tentativo di evitare le sferzate di quei due, le quali sibilavano nell'aria come serpenti inferociti. Qualcuno, più ardito, riusciva a sgusciare loro di fianco, facendo formidabili finte che li spiazzavano e frastornavano e incitandoci, una volta messisi in salvo alle loro spalle, a fare altrettanto. Ma non tutti se la sentivano di arrischiarsi in una simile impresa, che non sempre si concludeva senza lasciare qualche striatura rossastra sulle gambe di chi tentava il tutto per tutto, pur di non capitare tra le grinfie di Nasopizzuto ed Enneù; i quali, intanto, avanzavano sempre più verso quelli di noi che erano rimasti intrappolati nella loro morsa.

<<Dammi la palla!>>, mi ordinò la guardia, agitando minacciosamente la cinghia dei suoi pantaloni. Io, nel tentativo di distogliere la sua attenzione da me, diedi un potente calcio al pallone che avevo in mano e lo feci andare alle sue spalle, contro il muro dell'asilo. Ma sfortunatamente la sfera di plastica colpì una finestra, infrangendone il vetro e finendo dentro l'edificio.

39

<<Ah, delinquente che non sei altro!>>, esclamò Nasopizzuto precipitandosi contro di me. Io non stetti lì ad aspettarlo, per spiegargli che non l'avevo fatto apposta. Anzi, scattai come un fulmine verso la rete di recinzione oltre la quale c'era l'orto di Alessandro e, sganciato dal paletto di sostegno il cappio di filo di ferro da noi predisposto, abbattei una porzione di reticolato e riuscii a passare, con un salto, dall'altra parte. Immediatamente fui imitato da Lucio e Giampiero, che erano vicino a me, e anche dai nostri due aguzzini, i quali non si davano per vinti. Così ci ritrovammo a correre e saltare a rotta di collo attraverso il terreno irregolarmente terrazzato che digradava fino alla strada provinciale, percorrendo la quale per un centinaio di metri tornammo a prendere la via dei campi nel punto in cui c'è un'ampia curva delimitata da un paracarro, oltre il quale si trova uno scosceso pendio ricoperto per un lungo tratto da un'intricata vegetazione. Ci lanciammo senza esitazioni lungo di esso, strisciando e scivolando sul sedere, appoggiandoci freneticamente su avambracci e mani per non rotolare giù in malo modo, sdrucendoci così i calzoncini ed escoriandoci i gomiti.

Giunti alla bell'e meglio alla fine dell'erta scarpata, ci ritrovammo in fondo alla valle di Bbanuccio, cosparsa di vigneti e uliveti inframezzati qua e là da piccoli appezzamenti di campi coperti dalle stoppie del grano da poco raccolto e trebbiato, sui quali si ergevano, di tanto in tanto, grandi covoni di paglia a forma di cupola o di capanna. Mezzo scorticati e contusi, ma sollevati per essercela cavata a buon mercato, ci rimettemmo in piedi e, dopo esserci scrollati di dosso polvere e terriccio battendoci e strofinandoci energicamente con le mani le varie parti del corpo (senza mancare, nel frattempo, di voltarci indietro, per vedere se fossimo ancora inseguiti), ci mettemmo in cammino per raggiungere la strada che ci avrebbe ricondotti in paese.

<<Ragazzi, ci conviene affrettare il passo, se non vogliamo arrivare alle nostre case più tardi di quanto non dovremmo>>, disse Giampiero.

<<Venite, conosco una scorciatoia che ci farà risparmiare un bel po' di tempo>>, aggiunse avviandosi davanti a noi e facendoci segno di seguirlo.

Risalimmo un angusto e tortuoso sentiero che si inerpicava zigzagando faticosamente attraverso una folta macchia per lo più costituita da alti alberi di acacia e di quercia, il cui fogliame impediva quasi del tutto ai raggi del sole di penetrare al di sotto della cupola verdeggiante che veniva a formarsi in quel luogo. Di conseguenza la poca luce che riusciva a filtrare si presentava sotto forma di lunghe lame di luce, che andando a colpire qua e là la vegetazione sottostante e le asperità del terreno, evocavano non di rado strane e inquietanti visioni che ci inducevano ad accelerare il passo.

Quando finalmente riuscimmo a rimetterci sulla strada che portava al paese, non molto lontano dal punto in cui l'avevamo abbandonata, per sfuggire alle cinghiate di Nasopizzuto ed Enneù, ci rendemmo conto, non senza terrore, che l'orario che avevamo promesso di rispettare, per il rientro a casa, era passato da un bel pezzo.

<<E ora che facciamo?>>, disse Lucio, mordicchiandosi nervosamente le unghie di tutte e due le mani.

Mentre ci guardavamo sgomenti e annichiliti, al pensiero di ciò che ci avrebbero fatto i nostri genitori, Giampiero, con la solita espressione furba che gli si disegnava in faccia ogni volta che aveva una trovata delle sue, disse: <<Aspettate, ho trovato!>>

E senza por tempo in mezzo suggerì di dire che ci eravamo fermati a casa di Antonio, che era ammalato, per aiutarlo a fare i compiti di scuola assegnatici per le vacanze estive. Tanto i suoi genitori non avrebbero potuto contestare la nostra versione, perché prima delle venti non tornavano mai a casa (lavoravano entrambi nella fabbrica della cittadina vicina al nostro paese). Quanto ad Antonio, bisognava recarci al più presto da lui, così avremmo potuto istruirlo a dovere e allo stesso tempo anche fatto vedere a tutti quelli che ci avessero incontrati che uscivamo da casa sua. Quest'idea non era certamente cattiva, visto che Antonio abitava a poco più di cento metri dal campetto dell'asilo. Era normale pensare che dopo la partita di pallone avessimo fatto un salto da lui.

Tutti contenti per una simile furbata, riprendemmo a risalire con più lena e una ritrovata gaiezza il selvoso fianco del colle che arrivava fino all'entrata del paese. Da questo punto contavamo di ridiscendere, attraverso una stradina, fino alla via provinciale, seguendo la quale si arriva all'entrata principale del paese. Proprio lungo questa via sorgono, sulla destra il campetto con l'asilo e, più in là, a sinistra, la casa di Antonio.

42

Andammo a casa di Antonio e ci accordammo con lui su ciò che avrebbe dovuto dire ai nostri genitori, nel caso in cui essi gli avessero chiesto qualcosa, e ce ne andammo tutti contenti per il buon esito della nostra avventura, sicuri che saremmo riusciti a farla franca. Ma purtroppo dovemmo ricrederci, di lì a poco. Infatti, appena arrivati alle nostre rispettive abitazioni, ci trovammo a fare i conti chi con la cinghia paterna, chi con il battipanni o le semplici mani materne, le quali in quelle occasioni erano capaci di regalare certe carezze che lasciavano addosso evidenti segni per diversi giorni.

Io dovetti vedermela con mia madre, agguerrita come non mai e desiderosa, come un indiano inferocito, di strapparmi lo scalpo. Tra l'altro, dovetti sorbirmi anche il solito predicozzo sugli incoscienti che sanno dare solo pene e preoccupazioni ai poveri genitori; i quali, per di più, dovevano sentirsi rimproverare da questo o da quello, per non aver saputo impartire una buona educazione ai propri figli, quando si dannavano l'anima da mattina a sera, per tirarli su come si deve. E la tortura non si esaurì nel giro di pochi minuti, ma continuò per un bel pezzo, poiché mia madre mi ficcò a viva forza dentro la vasca da bagno piena di acqua bollente e prese a strofinarmi così energicamente il corpo che sembrava volesse scorticarmi vivo. E se azzardavo qualche protesta o piagnisteo, erano tirate di capelli e ceffoni conditi da ordini perentori di fare silenzio.

<<Guarda, guarda come ti sei conciato, disgraziato che non sei altro! Ma non ti prcoccupare, che ti sistemo io!

Ah, vedrai come si cambia vita, da domani! Ti dovrai scordare di uscire e andare a combinare guai!>>

<<Ma cos'ho fatto?>>, provavo a protestare tra un singhiozzo e l'altro.

<<Zitto! Zitto e vergognati, se non vuoi il resto! Mi hai fatto prendere un'arrabbiatura tale che mi è venuto perfino il mal di testa! Ma ti sistemo io, non te ne incaricare!>>

E alla fine del bagno, dovetti sopportare stoicamente anche il bruciore prodotto dall'acqua ossigenata e dalla tintura di iodio versate senza economia sulle innumerevoli ferite che mi ero procurato.

<<Disgraziato! Guardati, guarda quanto sei bello! Non hai un lembo di pelle intatto! Tu uno di questi giorni mi farai morire, mi farai!>>

E giù un altro sonoro ceffone.

<<Meno male che ho pensato a farti fare la vaccinazione, prima di partire! Ma da domani si cambia vita, signorino. Prima andiamo dal medico, per vedere se è il caso di somministrarti anche qualche antibiotico, poi rimarrai a casa a studiare la matematica, che hai rischiato di ripetere a settembre, altro che uscire con i tuoi amici! Ti faccio vedere io chi comanda, qui!>>

Ma come diavolo era venuta a sapere, mia madre, ciò che era successo quel giorno? Beh, era andata così: la guardia, dopo averci vanamente inseguiti per un brevissimo tratto, si era diretta a casa del nonno e aveva raccontato tutto a mia madre, invitandola a tenermi a freno, perché sarei potuto finire nei pasticci, se il sindaco avesse deciso di sporgere querela nei confronti di chi aveva danneggiato la finestra dell'asilo comunale. A ogni modo quella era l'ultima volta in cui si decideva di passare sopra l'accaduto (restava inteso, ovviamente, che i danni avrebbe dovuto pagarli la mamma), poiché se si fosse ripetuto un fatto simile, una bella denuncia non me l'avrebbe tolta nessuno. A rincarare la dose, poi, ci aveva pensato quella vecchia zitellaccia rinsecchita di Adalgisa, la bidella, la quale aveva affrontato mia madre davanti alla chiesa, all'uscita dalla funzione serale, e gliene aveva cantate di tutti i colori, in presenza delle donne più pettegole del paese. Le aveva detto che io ero un maleducato e un arrogante; che doveva rinchiudermi in un collegio, dove avrebbero sicuramente saputo impartirmi una buona educazione, visto che lei non ne era capace; che mi aveva allevato come un maiale, visto che facevo il comodo mio e andavo in giro a combinare disastri; che invece di venire a fare la smorfiosa e la "signora di città" in paese, avrebbe fatto meglio a curarsi di più di suo figlio e altre assurde cattiverie.

Lei si era mortificata a tal punto che non aveva saputo rispondere per le rime a quella megera; anche perché non sarebbe stato decoroso mettersi sul suo stesso piano, per la felicità delle altre vecchie comari che ammiccavano tra loro, sogghignando, e a cui non pareva vero di poter assistere a una scenata. Le uniche parole che le erano uscite di bocca erano state:

<<Sto aspettando che mio figlio torni a casa, per sapere come sono andate effettivamente le cose. Ma non dubiti, cara "signora", che qualsiasi parte egli abbia avuto nella

faccenda, sarà punito come tutte le altre volte in cui ho ritenuto che non si sia comportato correttamente>>.

Tuttavia, quando feci ritorno a casa, purtroppo per me non sprecò certo tempo a chiedermi come fosse andata la faccenda.

Il nonno, in quelle occasioni, interveniva per sottrarmi alle grinfie di mia madre, ma con scarso successo, perché era praticamente impossibile ripararmi completamente da quella gragnuola di schiaffi che mi pioveva addosso. E anche quando egli riusciva a contenere la sua furia, non potevo avere la certezza di essermela cavata a buon mercato, perché non appena rimanevo solo mi prendevo un sonoro schiaffo sul viso o un'energica e dolorosa tirata di capelli.

<<No, papà, lasciami fare!>>, rispondeva al nonno che accorreva prontamente in mia difesa e le diceva che i ragazzi andavano educati facendo capire loro come ci si dovesse comportare con ragionamenti pacati e non menando le mani .

<<Deve imparare a obbedire, quando gli si dice una cosa! E poi non è giusto che lo difenda tanto proprio tu, che quando ero piccola me le davi di santa ragione con la cinghia. O te ne sei scordato?>>

A quelle parole il nonno rimaneva un po' interdetto e poi, non sapendo cosa dire, per giustificare la sua condotta nei miei confronti, se ne andava bofonchiando che in casa l'esperienza dei più anziani non veniva più presa in considerazione come ai suoi tempi, visto che la figlia voleva insegnargli come andava educato un ragazzo. Solo allora mia madre si placava e, alzando la voce per farsi sentire dal padre che era andato in un'altra stanza, mi diceva:

<<Questa volta ti è andata bene perché è intervenuto tuo nonno, ma non te ne incaricare, che se me ne combini un'altra delle tue sconterai il vecchio e il nuovo!>>

Quando la buriana era passata definitivamente, il nonno veniva a trovarmi nella mia stanza da letto, nella quale venivo condannato a restare fino a nuovo ordine, con i compiti per le vacanze sotto il naso, e mi rimproverava con dolcezza.

<<Figlio mio, perché fai arrabbiare così la tua povera mamma? Non lo vedi com'è stanca? Lo sai che per lei, che non ha un marito, è molto più difficile mandare avanti la famiglia, perché te l'ho spiegato tante volte. Allora perché non la aiuti un po'? Eh?>>

Io cercavo di rispondere che non avevo fatto niente di male, in fondo; ma egli mi rispondeva che tutte le volte in cui un figlio disobbedisce ai propri genitori commette un peccato mortale. E poi mi diceva che se mia madre me le aveva date di santa ragione non era perché mi odiava, ma perché mi voleva molto bene e aveva paura che mi cacciassi nei guai o che mi accadesse qualcosa di brutto.

<<Guai a quei genitori che fanno fare il comodo proprio ai figli!>>, concludeva poi.

<<Se un ragazzo non ha una guida e pensa che tutto ciò che fa va bene, finisce sulla cattiva strada e un domani maledirà i propri genitori, che non gli hanno insegnato a distinguere il bene dal male>>. E immancabilmente finiva per raccontarmi la storia dell'uomo cattivo condannato a morte:

47

<<Tanto tempo fa un bandito che aveva ucciso un uomo il quale lo aveva sorpreso a rubare in casa sua venne catturato e condannato alla pena di morte. Mentre le guardie lo conducevano ammanettato al patibolo, egli chiese come ultimo desiderio di poter passare a casa di sua madre, per darle un ultimo saluto.

Venne accontentato e, non appena si trovò davanti alla sua vecchia madre, le si accostò come per darle un bacio. Però invece di baciarla egli, con un morso, le staccò un lobo dell'orecchio. Tutti, allora, pieni di orrore e indignazione, gli gridarono contro che avevano fatto bene a condannare a morte una belva come lui, visto che non aveva dimostrato nessuna pietà neanche nei confronti di sua madre vecchia e indifesa. Ma egli rispose: "È vero, sono un delinquente e mi merito la condanna a morte. Ma quello che ho appena fatto è un gesto di cui non mi pento e che se potessi ripeterei; e vi spiegherò perché". E così prese a parlare: "Dovete sapere che una volta, quando ero ancora bambino, tornai a casa da scuola con un pennino che avevo rubato a un mio compagno e lo mostrai a mia madre, raccontandole come me lo ero procurato. Ella non mi disse niente e, anzi, mi sorrise con indulgenza. Qualche tempo dopo, le mostrai un quaderno rubato e si ripeté la stessa scena. Accadde la medesima cosa anche quando le presentai un giocattolo di cui mi ero appropriato illecitamente. Più volte, insomma, nel corso degli anni, tornai a casa con della roba rubata e in nessuna occasione ebbi il benché minimo rimprovero da mia madre. Quando poi fui più grande cominciai a portarle denaro o altri oggetti di valore. Neanche in occasione di simili furti, però, mia madre disse niente. Così ruba oggi, ruba domani, sono arrivato all'assassinio. Ma se mia madre mi avesse rimproverato fin dalla prima volta che le riportai quel pennino, oggi non mi sarei ritrovato in queste condizioni". Tutti gli diedero ragione>>.

Quella volta, però, il nonno non mi disse le solite parole, ma mi fissò con lo sguardo più accigliato del solito ed esclamò:

<<Oggi ho dovuto difenderti per non farti ammazzare di botte, ma stavolta sono d'accordo anch'io con tua madre che l'hai fatta grossa. Come ti è saltato in mente di rompere il vetro dell'asilo e di farti beffe della guardia? Lo sai che hai rischiato di essere denunciato per atti vandalici? Proprio tu, mio nipote e figlio di un carabiniere? Vergogna! Sono molto arrabbiato con te e se domani non chiederai scusa a tua madre per quello che hai fatto, io e Miulì non vorremo più saperne di te. Adesso dormi e pensa bene a quel che devi fare d'ora in poi, se davvero vuoi bene a tutti noi. Buona notte>>.

Altro che buonanotte! Non riuscii a chiudere occhio e mi girai e rigirai nel letto, ansioso di vedere la luce del giorno, per chiedere scusa alla mamma e riconciliarmi con il nonno e Miulì. Però avrebbero dovuto sapere a tutti i costi che non avevo rotto il vetro apposta, come era stato loro raccontato.

IV

Quella del vetro rotto non fu l'ultima mia marachella. Infatti, ogni volta che riuscivo a riconciliarmi con la mamma e il nonno, promettendo di non comportarmi più in maniera irresponsabile, stavo un po' di tempo tranquillo e poi mi andavo a ficcare in qualche altro guaio. Sembrava proprio che non potessi fare a meno di mettermi nei pasticci, come era solito commentare il nonno, in occasione delle immancabili ramanzine che mi faceva dopo ogni mia nuova impresa.

Non era passata neanche una settimana, che feci prendere alla mamma e al nonno uno spavento di quelli che fanno venire i capelli bianchi e attirano, come una calamita, sul capo dei ragazzi che si comportano in modo spericolato e incosciente, una tempesta di sonori ceffoni debitamente conditi con rimproveri e urla belluine.

E sì che ogni anno, all'approssimarsi dell'estate, sui muri di ogni paese e città venivano affissi manifesti con dei disegni di facilissima interpretazione. Disegni che facevano accapponare la pelle, come le didascalie che accompagnavano ciascuno di essi, i quali raffiguravano bambini in lacrime mutilati o menomati in più parti del corpo. Ma né io né i miei compagni di quella sciagurata nuova mia avventura ci ricordammo (neppure per un momento) di essi, quella volta in cui, giocando agli indiani "dietro le mura", una zona scoscesa posta proprio dietro la parte alta del paese, scorgemmo in mezzo al terriccio, da poco smosso dalla ruspa che era stata impiegata dall'impresa chiamata dal Comune per costruire un muro di cemento armato, una forma vagamente triangolare che subito accese la nostra fantasia. È inutile dire che quella zona era stata recintata e che a ognuno di noi era stato severamente proibito di andare a curiosare anche nelle sue immediate vicinanze. Ma siccome noi ritenevamo di essere stati ingiustamente derubati di un luogo fatto apposta per giocare agli indiani e i cowboy, con tutti gli alberi e i cespugli che c'erano, ideali per nascondersi e tendere agguati, non demmo ascolto a quegli ammonimenti e, appena se ne presentò l'occasione, passammo sotto il filo spinato messo lì senza economia (anche perché ci divertivamo un mondo a strisciare come gli indiani sotto il reticolato messo dai "bianchi" a protezione di un ipotetico bestiame) e tornammo a prendere possesso del nostro "territorio di caccia".

Fu Giampiero ad adocchiare per primo quello strano oggetto affiorante dal terreno. Lucio, che era proprio lì vicino, una volta individuata la strana cosa, si precipitò ad afferrarla tra il pollice e l'indice e cercò di estrarla. Ma, per quanto tirasse (prima con una mano e poi con tutt'e due, stringendo i denti per lo sforzo), non riuscì a smuoverla di un millimetro.

Io e Giampiero, che nel frattempo ci eravamo avvicinati, dopo esserci rapidamente consultati sul da farsi, cercammo attorno a noi con lo sguardo e alla fine raccogliemmo un robusto ramo a testa, lo spezzammo in modo da renderlo simile a un coltello e prendemmo a scavare freneticamente attorno a quel pezzo di metallo incrostato di ruggine e terriccio, per vedere se ci riusciva di scalzarlo.

Dopo averne messo a nudo una bella porzione, afferratolo energicamente a quattro mani, cominciammo a strattonarlo di qua e di là, riuscendo a farlo muovere di poco. Però non ci fu verso di tirarlo fuori. Pareva come una sorta di strana pianta con le radici tenacemente infitte nelle profondità della terra.

<<Aspettate, che ora ci penso io!>>, disse Lucio, mettendosi ad assestare delle potenti pedate con il tacco della scarpa destra ai lati del triangolo, riuscendo solo a farlo inclinare in maniera quasi impercettibile ora di qua ora di là. Alla fine, accaldato e ansante e con il volto acceso e madido di sudore, sentenziò:

<<Ho capito, qui ci vuole quello che dico io! Aspettatemi qui, che so dove prendere quello che ci occorre>>.

E in un battibaleno sparì in direzione dello sgabuzzino in cui gli operai riponevano gli attrezzi da lavoro. Tornò di lì a poco con un piccone, una pala e uno strano martello i cui lati erano costituiti da una sorta di lama simile a quella di una scure. Una faccia presentava una lama disposta verticalmente, l'altra una lama disposta orizzontalmente.

<<Ecco qua!>>, esclamò tutto soddisfatto.

<<Con questi arnesi dovremmo riuscire a tirare fuori quell'accidente di pezzo di ferro e a vedere di che diamine si tratta>>.

<<Ma come hai fatto a prenderli?>>, chiedemmo noi, ansiosi.

<<E se viene qualcuno e ci accusa di averli rubati che facciamo?>>

<<Niente paura, che non abbiamo rubato niente. La porta dello sgabuzzino era chiusa solo con un po' di filo di ferro e questi attrezzi li abbiamo presi solo in prestito. Quando avremo finito di lavorarci li rimetteremo al loro posto e nessuno si accorgerà di niente. E non preoccupatevi di veder arrivare nessuno. Vi siete scordati che oggi è sabato e che gli operai non torneranno a lavorare prima di lunedì?>>

Consegnò il curioso martello (allora ignoravo che il suo nome era "martellina") a me e la pala a Giampiero e quindi si mise a menare dei gran colpi di piccone tutt'attorno al pezzo di ferro. Dopo un po' si fermò e disse a Giampiero di raccogliere e buttare via con la pala la terra frantumata con il piccone. Giampiero cominciò a gettare via la terra e quand'ebbe finito conficcò la punta della pala lungo un lato del triangolo metallico, per vedere di riuscire ad estrarlo facendo leva sotto di esso. Ma, a differenza di quanto riteneva, la punta della pala non si conficcò oltre nel terreno e andò a battere contro una superficie durissima, producendo un fastidioso stridìo.

<<Accidenti, ci dev'essere una pietra qua sotto!>>, esclamò vivamente stizzito. Poi, lasciata andare la pala e chinatosi sulla piccola buca prodotta, cominciò a raspare freneticamente con la lama orizzontale del martello che

mi aveva letteralmente strappato di mano, mentre diceva: <<Ora vedremo chi la vince, stupida pietra!>>

Quello che si riuscì a vedere, però, non assomigliava a una roccia, bensì a un oggetto di metallo.

<<Aspettate>>, disse Lucio.

<<Voglio provare a scavare un po' dalla parte opposta, per vedere se anche lì c'è la stessa cosa>>.

Detto fatto, cominciò a scavare e a poco a poco, a sinistra e a destra del triangolo, che ora pareva una vela di barca con la punta mozzata, apparvero altre due forme metalliche identiche a essa. Riprendemmo a scavare con più foga e allargammo la buca ai lati, dietro e sotto quella che ora pareva la coda di un Jet, e non smettemmo fino a quando non portammo allo scoperto un'altra aletta metallica disposta in perpendicolare sotto la prima che avevamo visto spuntare fuori dal suolo. Alla fine del nostro febbrile lavoro di scavo potemmo scorgere quattro lunghe e aguzze alette triangolari disposte a croce. Il tutto era fortemente inclinato dalla parte in cui Giampiero con la pala aveva toccato quello che inizialmente era parso un grande ciottolo. Io, preso tra le mani lo strano martello con le due lame, cominciai a scrostare con piccoli colpi il terriccio e la ruggine dalla superficie di una delle alette. Poi presi a strofinarla con forza con un cencio raccolto là vicino e inzuppato nell'acqua contenuta in un grosso bidone lasciato vicino allo sgabuzzino degli arnesi. In qualche tratto fu possibile vedere luccicare della vernice grigio-verde scuro.

Ma che razza di oggetto avevamo trovato? Lucio si sputò con decisione nelle mani, se le strofinò energicamente, afferrò le due alette disposte quasi orizzontalmente e, puntato un piede sul ciglio della buca, cominciò a tirare e strattonare, con tutta la forza che aveva in corpo, quel coso, per farlo uscire fuori; ma non ci fu niente da fare. Pareva che una forza sovrumana lo trattenesse rabbiosamente nelle viscere della terra. Provammo a unire le nostre forze, ma non accadde nulla di significativo.

<<Dài, forza!... riprendiamo a scavare!>>, disse Lucio. <<Vedremo chi la spunterà, alla fine!>>

Lavorammo a turno alacremente con piccone e pala e dopo qualche tempo riuscimmo a portare alla luce quasi per intero un oggetto che ci riempì di meraviglia mista a un'indicibile gioia.

<<Un missile! Abbiamo scoperto un missile!>>, si mise a gridare Giampiero, completamente fuori di sé dalla contentezza per quella scoperta. Era vero: ai nostri piedi c'era davvero un missile; un missile simile a quelli che avevamo visto disegnati sui nostri libri di scuola o che avevamo potuto ammirare in alcune trasmissioni televisive. Solo che questo, a differenza degli altri, non aveva oblò.

Come avevamo fatto in precedenza, scrostammo, sfregammo, bagnammo e risfregammo quella che ci sembrava essere la fusoliera, alla ricerca di oblò e portellone, ma rimanemmo delusi perché almeno sul lato a noi visibile apparve solo della vernice grigio-verde scuro come quella che avevamo potuto scorgere sull'aletta ripulita.

<<Forza, giriamolo! Può darsi che si trovino dall'altro lato>>, disse Giampiero, che fremeva dall'impazienza.

<<Però mi sembra troppo piccolo, per poter trasportare degli astronauti>>, dissi io, un po' perplesso.

<<È vero!>>, rispose Giampiero, deluso.

<<Forse sarà un missile costruito apposta per fare degli esperimenti!>>, aggiunse poco dopo.

<<E questo spiega il fatto che non ci sono né oblò né portellone. Sì, dev'essere sicuramente così. D'altra parte alla radio e alla televisione dicono sempre che gli Americani e i Russi stanno facendo molti esperimenti per andare sulla Luna>>.

<<Ma se hanno già inviato nello spazio una cagnetta e anche degli uomini che se ne fanno di questi esperimenti?>>, disse Lucio, facendoci ammutolire nuovamente per la delusione e subito dopo spaventandoci con quello che aggiunse.

<<No>>, egli disse, <<secondo me qui sotto ci dev'essere qualche cosa di più misterioso… Insomma>>, proseguì a bassa voce e con espressione preoccupata, <<per me abbiamo trovato l'astronave di un marziano! Vedete com'è piccola? Sembra fatta apposta per ospitare degli esseri piccoli piccoli come i marziani. E poi anche il colore dell'astronave assomiglia a quello della loro pelle. Dite pure quello che volete, ma questo è un missile marziano. Chissà, forse è cominciata un'invasione di quei brutti mostriciattoli e questo è un razzo caduto per qualche guasto ed è stato ricoperto di terra per non farlo scoprire>>.

<<O forse è stato telecomandato fin qui per spiarci>>, fece Giampiero, tutto allarmato.

<<In questo caso non c'è tempo da perdere!>>, aggiunsi io, non meno spaventato dei miei amici.

<<Bisogna avvertire immediatamente i carabinieri, prima che sia troppo tardi>>.

<<Sì, bravo!>>, intervenne Giampiero.

<<E se poi vengono qui e scoprono che questo è un giocattolo messo qui da qualcuno che voleva farci uno scherzo?>>

<<Ma chi potrebbe essere stato capace di costruire un missile di ferro così perfetto per farci uno scherzo?>>, disse Lucio.

<<Se fosse un giocattolo sarebbe di legno o di plastica e anche molto più piccolo. Non vedi che questo è alto quasi come uno di noi? No, per me si tratta di roba marziana, altro che! Scaviamo e vediamo se dall'altra parte c'è qualche sportello o qualche finestrino. Può darsi che dentro il missile ci siano dei marziani morti o feriti!>>

<<Però è strano che un missile caduto da poco tempo faccia la ruggine>>, rifletté ad alta voce Giampiero.

<<E chi ti dice che non sia caduto un anno fa o il mese scorso?>>, lo interruppe Lucio.

<<Per me il miglior modo per toglierci ogni dubbio è scavare, girarlo dall'altra parte e vedere se c'è un modo di aprirlo. Solo così potremo scoprire chi lo ha lanciato>>.

Fummo tutti d'accordo e ci rimettemmo a scavare fino a quando, a prezzo di grandi sforzi, non riuscimmo a girarlo quasi completamente dall'altra parte. Non ci fu possibile, invece, estrarlo dalla buca e metterlo in piedi in posizione di lancio, come avrebbe voluto Lucio. Nel ripulire questo secondo lato del razzo facemmo una scoperta che ci lasciò di sasso dallo stupore. Vedemmo comparire, infatti, una scritta bianca in gran parte scrostata posta quasi al centro di quella che avevamo preso a chiamare fusoliera. Si distingueva bene, però, una U con un punto posto in basso, alla sua destra. Seguivano altre lettere, ma non riuscimmo a decifrare null'altro all'infuori di quella che ci sembrò avere delle caratteristiche simili a una S.

<<U. S.: Unità Sperimentale!>>, esclamò tutto trionfante Giampiero.

<<Che vi avevo detto? Si tratta davvero di un missile da esperimento lanciato dagli Americani o dai Russi>>.

Lucio, però, era poco convinto della spiegazione e insisteva sull'origine marziana del missile.

<<Due lettere dicono poco e tra l'altro non è sicuro che si tratti proprio di una U e una S. Per me potrebbero anche essere una O con la parte superiore cancellata e una S seguite sicuramente da una M>>.

<<E come fai a esserne così sicuro?>>, chiedemmo io e Giampiero.

<<Semplice: O, S e M potrebbero significare "Operazione Spaziale Marziana">>.

<<Ma non farmi ridere!>>, ribatté Giampiero.

<<Ma se si vede benissimo che la prima lettera è una U puntata!>>

<<Ma non farmi ridere tu, piuttosto!>>, rispose con quel suo faccione acceso Lucio.

<<Non vedi che sopra quella che tu chiami U c'è tutta una parte scrostata?>>

Io non osavo intervenire in questo acceso battibecco, perché ero sinceramente preoccupato sia che si trattasse di un aggeggio americano o russo, sia che si trattasse di una diavoleria marziana. Mi era infatti tornato in mente che proprio qualche giorno prima di partire in vacanza per il paese un mio compagno di scuola, il quale leggeva di nascosto i romanzi di spionaggio e di fantascienza gelosamente custoditi da suo padre, appassionato di questi generi, mi aveva raccontato una storia in cui si parlava di un oggetto misterioso caduto dal cielo e che contagiava tutti quelli che lo toccavano senza calzare degli speciali guanti, facendoli morire tra atroci sofferenze nello spazio di pochi giorni. Ricordavo perfettamente la parola che aveva usato Claudio: radioattivo. Perciò tutt'a un tratto, tremando come una foglia e quasi piagnucolando, gridai: <<Ehi, sentite! E se questo coso che abbiamo trovato fosse radioattivo? E se adesso che lo abbiamo toccato ci ammaliamo e moriamo?>>

Giampiero e Lucio, a questa mia uscita, cominciarono a canzonarmi e a rifarmi il verso, ma io cercavo, imperterrito, di convincerli ad ascoltarmi e ad andare via di là immediatamente, se non volevamo avere dei guai. Volevo andare assolutamente dal medico, perché non mi andava di fare la fine di quelli che erano stati contagiati dal misterioso oggetto radioattivo di cui mi aveva parlato il mio compagno di scuola.

<<Ma non dire sciocchezze!>>, mi dissero alla fine Giampiero e Lucio.

<<Se fosse stato radioattivo a quest'ora saremmo già morti>>.

<<Io dico che la cosa migliore da fare per toglierci anche questo pensiero è quella di aprire il missile, disse poi Lucio. Avanti, vediamo se c'è qualche congegno segreto che fa aprire il razzo>>.

Ma per quanto ci affannassimo a cercare, non ci riuscì di trovare un bel niente. Stavamo per farci prendere dalla disperazione più nera, quando Lucio esclamò: <<Evviva! Ho trovato! Come abbiamo fatto a non pensarci prima?>>

<<Che hai trovato?>>, chiedemmo io e Giampiero, speranzosi e incuriositi.

<<Ho trovato il sistema per aprire il missile!>>, rispose raggiante Lucio.

<<Vedete quel solco che gira tutto intorno alla base della punta?>>, disse poi, indicando una sorta di giuntura che effettivamente sembrava dividere la punta vera e propria del razzo dal resto del fusto.

<<Bene, quella è l'apertura del missile. Voglio dire che secondo me la punta è incernierata o avvitata al resto come un coperchio. I marziani sono saliti fin lassù usando sicuramente una scaletta e poi hanno chiuso il portellone o coperchio dall'interno. Quindi non c'è nessuna levetta da cercare all'esterno e se vogliamo vedere com'è fatto dentro bisogna usare una di quelle seghe che si usano per tagliare il ferro. Adesso sapete cosa facciamo? Andiamo da Mastro Donato il ferraro, ci

facciamo prestare una sega e poi torniamo qui e finalmente scopriremo la verità>>.

<<Ma oggi l'officina del fabbro è chiusa>>, dissi io.

<<Il sabato Mastro Donato non lavora>>.

Lucio restò a pensare un momento e poi rispose:

<<E va bene, vorrà dire che ci arrangeremo in un'altra maniera!>>

Quindi si diresse di nuovo verso lo sgabuzzino degli attrezzi e ne tornò dopo un po' con una lunga e spessa corda.

<<Che vuoi fare?>>, gli chiese Giampiero.

<<Voglio legare la coda del missile per provare a trascinarlo fino all'officina di Mastro Donato; così lunedì lo faremo segare a lui>>.

<<Ma non hai visto che non siamo riusciti a spostarlo?>>, gli risposi io.

<<Sì che l'ho visto, ma credo che se due di noi si mettono a tirare la corda e un altro si mette a spingere il missile, magari usando un tubo di ferro come leva, dovremmo riuscire a scalzarlo da qui e a trascinarlo fin sopra la strada. Una volta lassù andrò a prendere la mia carrozza, ci caricheremo sopra il missile e lo trasporteremo fino all'officina di Mastro Donato>>.

La proposta di Lucio ci piacque e quindi decidemmo senz'altro di metterla in atto. Così io e Giampiero ci attaccammo al capo della corda e cominciammo a tirare come forsennati, mentre Lucio si occupò di spingere. Non starò a dire dopo quanto tempo e quante inenarrabili fatiche riuscimmo a portare sul bordo della strada il nostro prezioso oggetto. Quello che ricordo bene è che alla fine dell'operazione di recupero il sole era già bell'e che tramontato dietro le maestose vette del Gran Sasso.

<<Presto!>>, ci incitò Lucio, <<sbrighiamoci a caricarlo sulla carrozza e a portarlo da Mastro Donato, prima che cominci a fare buio! Corro subito a prenderla!>>

Egli e Giampiero si incaricarono di tirare la carrozza, io di fare in modo che il missile non rotolasse per terra, anche se ai suoi lati avevamo disposto alcune zeppe di legno. Allo scopo di non attirare l'attenzione sul nostro trofeo lo avevamo ricoperto con diversi stracci. Per arrivare all'officina del fabbro avremmo dovuto attraversare per forza un tratto della via principale del paese, che a quell'ora era ancora abbastanza frequentata.

E proprio su quella strada il nostro segreto finì di essere tale e noi scoprimmo che razza di pericolo avevamo corso, quel giorno. Altro che missile! Infatti, mentre procedevamo con il nostro strano carico, ci si avvicinò il padre di Giampiero, che disse al figlio:

<<Ah, eccoti qui, finalmente! Si può sapere dove ti sei cacciato tutto questo pomeriggio, eh? Hai dimenticato che dovevi fare quella commissione per tua madre? E quante volte te lo devo ripetere che non voglio vederti andare in giro con le carrozze? Lo vuoi capire che sono pericolose, sì o no?>> E così dicendo gli affibbiò un sonoro scapaccione dietro la nuca.

<<Adesso fila subito a casa e senza fiatare, hai capito? Poi il resto te lo darò a casa, non te ne incaricare!>>

Ma nel frattempo Giampiero, per evitare di prendere un altro scapaccione dal padre, che aveva levato nuovamente la mano per colpirlo, inciampò sulla parte anteriore della carrozza e piombò con una mano per terra e con l'altra sopra il nostro carico, finendo per scoprirlo. A vedere il missile e a lanciare un urlo di stupore misto a raccapriccio fu tutt'uno, per i presenti; i quali avevano subito riconosciuto una di quelle grosse bombe che, nella seconda guerra mondiale, gli aerei americani avevano sganciato in quantità sul paese. Il parapiglia che seguì a quella terrificante scoperta può essere paragonato, forse, a quello che si verificherà il giorno del Giudizio Universale. Noi fummo immediatamente allontanati dal punto in cui si trovava l'ordigno e di lì a poco in paese arrivarono i carabinieri, che ci tempestarono di domande e, insieme al sindaco e a Nasopizzuto, si fecero condurre nell'esatto luogo del rinvenimento.

Essi furono estremamente gentili e buoni con noi. Chi non si comportò in modo altrettanto buono, comprensivo e gentile, invece, furono i nostri rispettivi genitori, che quella volta ce le suonarono di santa ragione. Mia madre si sentì perfino male, dallo spavento che aveva preso. Però il suo malore non fu tale da impedirle di riempirmi le gambe e le braccia di lividi, tante furono le cinghiate che mi fece piovere addosso. Ricordo confusamente che a un certo punto intervenne il nonno che mi prese in braccio e mi portò in camera sua, chiudendo diligentemente a chiave la porta.

Stetti segregato là per due giorni, il tempo necessario per far sbollire l'ira di mia madre. Meno male che a tenermi compagnia ci pensò Miulì, che non si allontanò un solo minuto da me. Poi, dopo essermi fatto coraggio, anche perché incitato e persuaso dal nonno, andai in cucina in sua compagnia e, stando ben attaccato ai suoi pantaloni, chiesi tra le lacrime a mia madre di perdonarmi, promettendole che non mi sarei mai più allontanato da casa senza dirle dove andassi e per quanto tempo sarei restato fuori.

La mamma, appena mi vide, ebbe un tremito e poi, balzata verso di me come una belva, mi ghermì dalle mani del nonno. Stavo per lanciare un urlo di terrore, pensando alle botte che avrei preso, quando mi resi conto che il gesto di quella povera donna non era stato dettato dal desiderio di darmi il resto, ma da una profonda disperazione. Infatti ella mi abbrancò e mi strinse a sé con quanta forza aveva in corpo e, tremando, mi disse, con la voce rotta dai singhiozzi:

<<Ah, figlio mio, figlio mio!... Quante pene mi dài!... Quanto dolore mi dài!... Ma io ti voglio bene lo stesso, sai? Ti voglio tanto bene e se ti ho picchiato è perché non sopporterei nemmeno la sola idea di... che tu... che mio figlio... Oh!... Promettimi che non farai più stupidaggini come quella dell'altro ieri! Promettimelo!>>

<<Sì, cara mammina mia, te lo prometto. Ti prometto che d'ora in poi non ti darò più preoccupazioni e che sarò il più bravo dei figli!>>, le risposi, in un impeto di commozione e ricambiando il suo forte abbraccio.

Per quell'estate nessuno ebbe più a lamentarsi di me e tutto filò nel migliore dei modi.

V

Toh, a proposito della carrozza di Lucio, mi sono tornate in mente le corse dei "grandi"; dei ragazzi, cioè, più grandi di noi; i quali sapevano costruire delle carrozze così belle e perfette che in confronto alle nostre parevano delle lussuose e veloci fuoriserie.

Eh!... allora sì che ci si divertiva. Altro che social network e smartphone! La nostra vita, allora, trascorreva sempre in movimento e all'aria aperta e soprattutto in compagnia di persone in carne e ossa, con le quali si interagiva e si discuteva faccia a faccia. La nostra fanciullezza è stata piena di giochi e attività sociali che oggi, purtroppo, sono stati sostituiti da uno schermo e una console o dalla tastiera del computer e del telefonino, che rendono l'individuo sempre più isolato e avulso dal mondo reale. L'altro giorno, tanto per fare un esempio, ho rischiato di investire un deficiente che, con la testa china sul suo stramaledetto cellulare stretto tra le mani, tutto intento a messaggiare com'era, all'improvviso è sceso dal marciapiede su cui si trovava e, come uno zombie, ha attraversato la strada proprio nel momento in cui stava sopraggiungendo la mia automobile. Ai miei tempi una cosa del genere non sarebbe mai potuta accadere. Eravamo soliti passare il nostro tempo libero in ben altri modi, noi. Soprattutto in occasione delle vacanze estive.

L'estate, allora, non era semplicemente una stagione contraddistinta da un clima piacevole e da giornate più lunghe, ma l'occasione per dar vita a una serie di attività da svolgere al di fuori delle mura domestiche insieme ai nostri amici e compagni di gioco. Aspettavamo la fine della scuola con particolare trepidazione soprattutto perché potevamo, finalmente, dedicarci anima e corpo a uno dei nostri passatempi preferiti: le corse in carrozza. Per tutte le discese del paese e dei suoi dintorni, in quel periodo, si vedevano sfrecciare questi singolari bolidi che, con il loro caratteristico e sferragliante fragore, rompevano la tranquilla e sonnolenta atmosfera degli assolati pomeriggi immersi nella calura.

La carrozza era il mezzo di trasporto per eccellenza dei ragazzini di una volta, un veicolo ecologico al cento per cento costituito da una tavola di legno lunga all'incirca un metro e mezzo e larga una settantina di centimetri sotto la quale, rispettivamente nella parte anteriore e in quella posteriore, venivano fissate due robuste assicelle alle cui estremità erano infilate delle piccole ruote a sfera (così chiamavamo i cuscinetti contenuti all'interno delle ruote delle automobili). L'asse anteriore, a differenza di quello posteriore, saldamente inchiodato al telaio, era mobile e serviva a far sterzare la carrozza. Esso veniva forato al centro e collegato alla base della tavola, anch'essa forata, da un grosso chiodo o da un chiavello ribattuti alla base.

Le versioni più sofisticate prevedevano l'impiego di tondini di ferro imbullonati alle due estremità o altre ingegnose soluzioni. A destra e a sinistra di quest'asse, nello spazio compreso tra la ruota e la tavola che fungeva da struttura portante o carrozzeria, venivano legati i capi di una robusta cordicella che, impugnata saldamente a mo' di briglia da chi si sedeva alla guida di questa sorta di go-kart, funzionava come un rudimentale sterzo. Molti, però, legavano all'estremità di ogni asse anteriore una corda più corta e ne avvolgevano l'altro capo attorno a un legnetto a forma di parallelepipedo, che poi impugnavano per sterzare. Quelli più raffinati, invece, utilizzavano delle leve (per lo più di legno) posizionate ai due lati della carrozza tramite un perno, in uno spazio della seduta compreso tra la coscia e il bacino. A queste, poi, collegavano le rispettive estremità dell'asse sterzante tramite cavi solitamente costituiti da freni di biciclette e il gioco era fatto. Il massimo della perfezione era costituito da questi cavi che, invece di essere avvolti alle assi anteriori e alle leve, le attraversavano da parte a parte e venivano fissate ai due estremi.

Il sistema frenante, nella maggior parte dei casi, era affidato ai... tacchi delle scarpe, che in capo a poco tempo dovevano essere sostituiti dal calzolaio. Il "pilota", per rallentare, distendeva e divaricava le gambe e le abbassava al suolo di quel tanto che consentiva alla parte posteriore delle scarpe di fare attrito sul terreno e quindi di frenare. Ma non sempre questa tecnica veniva eseguita correttamente, e pertanto si finiva per fare dei brutti capitomboli che, fortunatamente, non hanno mai avuto serie conseguenze.

Qualcuno, per ovviare a simili inconvenienti, ricorreva ad altri sistemi di frenata, ma ribaltamenti e uscite di strada erano lo stesso sempre in agguato. I freni più semplici da realizzare erano costituiti da due leve imperniate in prossimità di quelle che servivano per sterzare, ma più lunghe di esse; ed avevano alla base un pezzo di copertone che, entrando in attrito con il suolo, produceva l'effetto desiderato. Non mancava, però, chi preferiva quelli a pedali, incernierati su entrambi i lati anteriori del "mezzo" e tenuti sollevati da una grossa molla. La base di questi, debitamente gommata, quando si schiacciavano i pedali costituiti da due larghe assi di legno, andava a premere sopra i cuscinetti a sfera. Però bisognava saper esercitare una pressione in modo accorto e progressivo sulle ruote, altrimenti l'uscita di pista era assicurata.

Quante pazze corse in carrozza, per le vie in discesa del paese! E quante sbandate e rovinose cadute, che ogni volta ci costavano abiti ridotti a brandelli e una serie infinita di abrasioni e contusioni; e le inevitabili punizioni inflitteci dai nostri genitori.

L'esperienza più bella che si potesse fare con questi veicoli, quella più grandiosa e attesa di tutte, e che ci risarciva pienamente di ogni possibile disavventura patita, era costituita dalle corse dei "grandi"; dei ragazzi i quali, come ho detto, erano più grandi di noi e che sapevano costruire delle carrozze così belle e perfette che in confronto alle nostre parevano delle lussuose e veloci fuoriserie.

I più bravi costruttori di carrozze erano Luigi e Raffaelino, che si contendevano anche il primato di miglior pilota. I due erano perennemente in gara tra di loro e noi ragazzini avevamo finito per dividerci in due gruppi: quelli che tifavano per Luigi e quelli che tifavano per Raffaelino. Per noi era un grande onore poter essere di un qualche aiuto all'uno o all'altro, che si comportavano allo stesso modo dei piloti delle macchine da corsa. Per settimane intere, prima di ogni grande corsa, che di solito si teneva a fine luglio, essi andavano ad allenarsi lungo la strada provinciale da pochi anni asfaltata e che sarebbe stata teatro del loro epico confronto.

In queste occasioni il nostro compito era delicatissimo e di particolare importanza, anche se molto faticoso. Dovevamo disseminarci per tutto il tracciato della "pista", lungo circa due chilometri, e segnalare in tempo ai piloti il sopraggiungere di un'automobile o di qualsiasi automezzo, che per fortuna a quei tempi erano pochi. Il più delle volte ci capitava di avvertire i "corridori" dell'arrivo, alle loro spalle o di fronte, di un asino, un mulo o una pariglia di buoi. Il sistema era semplice: ci mettevamo uno dietro l'altro, a una distanza che ci consentiva di vederci e anche di sentirci, se necessario, con una bandierina in mano, costituita da un semplice cencio legato a un ramo di varia lunghezza, a seconda di quello che eravamo riusciti a procurarci. Era di capitale importanza, comunque, che presidiassimo i punti più pericolosi, e cioè l'inizio e la fine delle numerose curve e soprattutto dei due ampi tornanti che caratterizzavano il percorso. Guai se qualcuno, in tali frangenti, non era al suo posto! E ciò non tanto per scongiurare l'eventualità di un incidente, quanto per evitare che i conducenti delle automobili vere, che nella maggior parte dei casi erano del paese, potessero andare a raccontare ai nostri genitori dove ci avevano visti e in quale attività.

Una volta, ad esempio, sulla strada stava passando con la propria Ape il padre di Giulio e quest'ultimo, tutto preso dalla foga di sorpassare in piena curva nientepopodimeno che Luigi, non vide né sentì Giampiero, che inutilmente continuava ad agitare freneticamente la sua bandierina, gridandogli a squarciagola che stava arrivando il padre. Luigi, rèsosi conto di quanto stava avvenendo, cominciò a frenare e tentò di prendere Giulio per un braccio, per farlo fermare. Ma Giulio, convinto che l'altro lo volesse far andare fuori strada, con uno strattone si liberò e, tutto trionfante per aver costretto il rivale a rallentare, si preparò ad affrontare l'ultimo tratto di curva in perfetta solitudine. Nel frattempo, anche gli altri si erano affrettati a lasciare la strada e a nascondersi con le loro carrozze lungo i suoi margini. Così, mentre Giulio si stava chiedendo, una volta finita la curva e ripreso un breve tratto rettilineo, come facessero a essere tanto veloci quelli che un attimo prima si trovavano davanti a lui, dato che erano scomparsi alla sua vista, dalla curva che avrebbe dovuto affrontare di lì a poco vide spuntare l'inconfondibile Ape del padre. Frenare, arrestarsi nel minor spazio possibile non senza difficoltà e scappare via con la carrozza sotto il braccio fu tutt'uno. Ma questo non gli evitò di assaggiare la cinghia paterna, una volta tornato a casa; e di vedersi fare a pezzi quel gioiello di carrozza alla cui costruzione aveva atteso pazientemente per quasi un anno.

A questo genere di rischi, poi, bisognava aggiungere anche quello costituito da Nasopizzuto, la guardia. Egli aveva l'abilità di apparire quando meno te lo aspettavi, nel bel mezzo di una prova o di una competizione, provocando il parapiglia, distribuendo fior di cinghiate e sequestrando tutte le carrozze che poteva. Quante fughe siamo stati costretti a fare, a causa delle sue improvvise irruzioni lungo quella che consideravamo la nostra pista da corsa!

Un'estate, mentre si svolgeva un'importante gara e tutti erano concentratissimi sul nastro d'asfalto in discesa da percorrere nel più breve tempo possibile, Raffaelino, che con il suo veicolo sotto braccio era andato ad accoccolarsi sul bordo della pista, per assicurare più saldamente all'asse posteriore un cuscinetto che si era sfilato e lo aveva appiedato, scattò in piedi come una molla e prese a correre come un forsennato verso la boscaglia che si stendeva al di là dei campi irti di stoppie di grano. Passando come un fulmine in mezzo ad alcuni di noi che stavano di vedetta, e che erano rimasti sorpresi e smarriti da questo suo comportamento, gridò:

<<Scappate! Scappate!... stanno arrivando la guardia ed Enneù! Presto!... presto!>>

Non aveva ancora finito di avvertirci che in cima alla via provinciale vedemmo materializzarsi i nostri irriducibili oppressori.

<<Allora non ci sentite, quando vi dicono che non si può giocare in mezzo alla strada?>>, ci gridò Nasopizzuto, con quel solito beffardo e sinistro ghigno disegnato sulle

71

labbra sottili, che accentuavano la sua espressione cattiva.

<<Aspettate, aspettate che vi prenda e poi vi farò mettere giudizio io, una volta per tutte! Stavolta vi farò salire le scale della Pretura, così vi manderanno alla casa di correzione. Vedrete, vedrete, monellacci che non siete altro!>>

E così dicendo si avventò verso di noi facendo segno a Enneù di seguirlo.

<<Dàmmi subito la carrozza!>>, ordinò a Lucio mentre correva come un forsennato, agitando minacciosamente nell'aria la sua temutissima cinghia dei pantaloni e indicando perentoriamente il veicolo che Giulio aveva lasciato incustodito ai piedi del nostro compagno, nell'eclissarsi precipitosamente. Lucio, nel tentativo di non far cadere nelle sue mani quel gioiellino costato mesi e mesi di lavoro, lo afferrò e se la diede a gambe.

<<Ah, brutto malfatto!>>, gridò Nasopizzuto mettendosi al suo inseguimento, prontamente imitato da Enneù che eseguì una veloce manovra per tagliargli la strada, ma senza successo. Così anch'egli si ritrovò a correre e saltare a rotta di collo attraverso il terreno collinoso che dalla strada provinciale si arrampicava in direzione del paese. Raggiunse in un battibaleno me e Giampiero, impegnati a nostra volta in una forsennata corsa verso la salvezza, mi consegnò la carrozza che aveva cominciato a pesargli e insieme percorremmo per un centinaio di metri un vasto spazio che conduceva verso un'impervia costa ricoperta di vegetazione. Esso era ricco di pascoli e campi lavorati ai cui margini, disse Lucio, nel punto in

cui terminava la salita boscosa, passava un altro tratto della strada provinciale, sulla quale avremmo potuto rimetterci, una volta scampato il pericolo, e tornare in paese senza timore di perderci.

Scappammo a più non posso, girandoci indietro ogni momento, per vedere se eravamo ancora inseguiti. Percorremmo tutta la lunga distanza e la salita galoppando forsennatamente come cavalli imbizzarriti e rischiando più volte di ruzzolare testa e piedi tra erbacce, rovi che ci azzannavano le gambe e i calzettoni come cani inferociti, lasciandoci addosso delle lunghe striature rosse, e sassi di varia grandezza che affioravano qua e là nel terreno infido. Come facemmo, quel giorno, a non fracassarci un piede o una gamba, lo sa solo il buon Dio, Che sicuramente ci dovette proteggere.

Alla fine, però, laceri ed esausti, ma soddisfatti per aver seminato il "nemico", ci ritrovammo tra le grosse zolle di una campagna da poco arata.

<<Per tornare sulla strada dovremo attraversare tutto questo campo>>, disse Lucio.

<<Va be', muoviamoci>>, risposi rassegnato.

Nonostante il sole stesse rapidamente declinando, la calura che quel giorno aveva gravato sul paese come una cappa si faceva sentire ancora intensamente, rendendo tremolanti e caliginosi i contorni dell'ambiente che ci circondava. Non era certo piacevole avanzare, stanchi com'eravamo, tra quelle grosse zolle secche e dure su cui a ogni passo i nostri piedi scivolavano, facendoci rischiare rovinose cadute o procurandoci dolorose escoriazioni alle caviglie, quando esse sprofondavano tra un grumo di terra e l'altro.

Tutt'intorno a noi, da punti non ben individuabili, si sentivano lontani borbottii di trattori ancora all'opera intercalati dall'inconfondibile stridìo prodotto dai cingoli che avanzavano faticosamente lungo i fianchi di quelle campagne scoscese.

Il tutto era accompagnato dall'ininterrotto chiacchiericcio di cicale nascoste chissà dove che sembravano voler sovrastare, con i loro friniti, gli scoppiettanti versi delle cavallette, pure esse invisibili ma assordanti. Di tanto in tanto, tra un improvviso ruggito sferragliante di trattore e l'altro, si potevano udire dei prolungati richiami di uomini, che si comunicavano tra loro chissà quali informazioni, e un abbaìo di cani che si propagava rapidamente da un punto all'altro del misterioso luogo nel quale ci ritrovavamo nostro malgrado.

Cominciammo ad attraversare quella vasta distesa di zolle, cercando di trarci al più presto d'impaccio, per far ritorno a casa a un'ora decente, altrimenti sarebbero stati guai grossi con i nostri genitori.

<<Dài, che se manteniamo questo passo tra non molto dovremmo scorgere la strada, sulla nostra sinistra>>, disse Lucio, il quale aveva un buon senso di orientamento. Ma non avevamo ancora finito di rincuorarci a quelle parole, che sentimmo delle urla lanciate al nostro indirizzo e inframezzate da un furioso abbaiare di cani.

<<Ehi, chi è laggiù? Chi è che cammina in mezzo alla terra mia? Aspettate, aspettate, che ora vi accomodo io!

Vi faccio correre dietro i cani, delinquenti che non siete altro! Se vi riconosco vi denuncio ai carabinieri!>>

Alzammo gli occhi su un lontano colle di fronte a noi e vedemmo un uomo con un cappellaccio scuro e una barbaccia nera che gli copriva tutto il volto (almeno così sembrava, data la distanza). Egli, preceduto da tre o quattro cagnoni bianchi (non ci fermammo certamente a vedere quanti fossero!), aveva preso a scendere di corsa lungo una china, agitando minacciosamente un braccio contro di noi e continuando a strillare parole incomprensibili e cariche d'ira. A guardarlo e a fuggire in preda a un terrore pazzo fu tutt'uno.

<<Corri, corri!>>, mi incitavano Lucio e Giampiero, vedendo che ero restato dietro, con il fiato grosso che non mi consentiva di procedre più velocemente.

<<Muòviti, che se ci prendono i cani è la fine!>>

Allora lasciai cadere a terra la carrozza che mi impacciava e rallentava e in un batter d'occhio arrivammo ai margini di quella campagna, là dove cominciava un'altra costa boscosa che si arrampicava verso il paese. Avevamo preso la direzione opposta a quella che stavamo percorrendo e ci toccava affrontare una faticosissima salita, per non rischiare di finire tra le grinfie dell'energumeno lanciatosi al nostro inseguimento. Ci tuffammo in mezzo a quell'intrico di erbacce, cespugli e rovi senza esitare, non accorgendoci neppure dei graffi che a ogni passo si producevano lungo le nostre gambe, impauriti come eravamo dai latrati dei cagnacci che avevamo visto correre dietro a noi.

Fu solo a metà costa che ci fermammo, per vedere se avevamo ancora qualcuno dietro le costole. Da quella posizione si poteva osservare, attraverso un ampio squarcio della vegetazione, una larga porzione del colle lungo il cui fianco ci era apparso quell'omaccione infuriato che voleva farci sbranare dai suoi cani. Con un sospiro di sollievo lo vedemmo risalire, attorniato dalle bestiacce che ora non abbaiavano più, verso la cima, su cui si scorgevano alcune masserie.

<<Guardate>>, disse Lucio, indicando davanti a noi.

<<Guardate: ecco là la strada! Se invece di scappare da questa parte avessimo proseguito nella direzione che avevamo preso, a quest'ora ci troveremmo a camminare comodamente sull'asfalto e in meno di venti minuti arriveremmo in paese! Beh, pazienza>>, aggiunse poi.

<<Ora siamo qui e ci conviene affrettare il passo, se non vogliamo arrivare tardi>>.

<<Dài>>, disse Giampiero.

<<Tutto sommato abbiamo già fatto metà strada>>.

Riprendemmo dunque a salire, contenti di averla scampata bella. Cominciammo ad avvertire un diffuso bruciore lungo braccia e gambe, che parevano non avere più un solo centimetro di pelle intatta. Ma non ci impressionammo più di tanto, preoccupati come eravamo di arrivare in paese prima che facesse buio, se no chi li avrebbe sentiti i nostri genitori! Poi, una volta tornati a casa, si faceva sempre in tempo a inventare qualche bugia. Ci saremmo messi d'accordo per strada su una storia plausibile da inventare, così se le nostre mamme si fossero viste, avrebbero ascoltato la stessa versione dei fatti e si sarebbero convinte che avevamo raccontato la verità.

Riprendemmo a risalire con più lena e una ritrovata gaiezza il selvoso fianco del colle che arrivava fino all'entrata del paese. Da questo punto contavamo di ridiscendere, attraverso un piccolo sentiero, fino alla via provinciale, seguendo la quale si arrivava all'entrata principale.

Quando finalmente riuscimmo a raggiungere la meta, l'orologio della chiesetta di San Rocco suonava le diciannove e un quarto. Al nostro arrivo a casa, però, non riuscimmo a sottrarci all'ira funesta dei nostri genitori, che ci stavano aspettando al varco. Purtroppo per noi, infatti, erano già stati minuziosamente informati di quanto era successo tra noi, Nasopizzuto ed Enneù lungo la strada su cui non volevano che andassimo a giocare.

A ogni buon conto, accadimenti come quello appena ricordato rendevano la nostra attività di segnalatori estremamente delicata e importante, perciò alla fine di ogni competizione venivamo ricompensati con un ghiacciolo e soprattutto con una corsa sopra la carrozza dei nostri beniamini, che ci facevano sedere davanti a loro e a volte ci consentivano anche di guidare il proprio bolide. Inoltre ci permettevano di assistere alla sua costruzione, durante la quale facevamo da assistenti, provvedendo a passare ai "meccanici" gli utensìli e le altre cose che essi ci chiedevano di prendergli. In tali circostanze, anzi, venivamo impiegati pure per svolgere le più svariate commissioni; anche se preferivamo di gran lunga restare quanto più possibile nell' "officina" (di solito allestita in uno spiazzo all'aperto), per poter seguire le varie fasi della realizzazione del gioiello tecnologico e per carpire i segreti del "maestro", in modo tale da poter fare altrettanto e anche meglio, quando sarebbe venuto il nostro turno.

Intanto un'altra grande ricompensa, se eravamo stati particolarmente diligenti e solleciti nell'eseguire i compiti che ci avevano affidato, era costituita dall'incommensurabile onore di partecipare al collaudo della carrozza finita. Come ci sentivamo importanti, allora, seduti davanti al nostro eroe, che tutto baldanzoso e orgoglioso guidava con piglio sicuro la propria creatura su una delle tante discese del paese, procedendo a velocità moderata proprio perché trasportava uno dei suoi piccoli assistenti.

Finiti questi giretti destinati a noi, però, ecco che cominciava il collaudo vero e proprio. Nessuna sollecitazione, nessuna prova, nessun percorso impervio, allora, venivano risparmiati al veicolo. Noi seguivamo le varie fasi di questi collaudi, che potevano protrarsi per più giorni, con speranza e trepidazione. Vedevamo messi a dura prova soprattutto il sistema sterzante e quello frenante; e avevamo la possibilità di veder messe in pratica tutte le tecniche e le astuzie possedute dai nostri beniamini, per guidare in maniera perfetta quel tipo di automezzo; il quale richiedeva una consumata esperienza soprattutto nelle curve, dal momento che non aveva certamente il differenziale o gli ammortizzatori come le automobili vere, e che di conseguenza sbandava che era un piacere!

Un'altra loro particolarità, di portata non indifferente, era costituita dalla rumorosità. E non poteva essere altrimenti, dato che le ruote erano realizzate con cuscinetti a sfera. Ma il frastuono prodotto sull'asfalto da simili ruote era niente in confronto a quello, veramente insopportabile, che si udiva quando le carrozze venivano lanciate lungo quelle discese pavimentate con i sanpietrini, il cui attrito con il metallo dei cuscinetti faceva sprizzare scintille, visibili in particolar modo quando iniziava a imbrunire. La gente, allora, usciva di casa esasperata e cominciava a inveire aspramente contro chi faceva un simile fracasso, minacciando di chiamare la guardia, i carabinieri, o di andarlo a dire ai genitori di chi veniva riconosciuto. Inutile dire che la strada prescelta per correre di lì a poco restava deserta e silenziosa.

In qualche altra occasione, però, lo stesso risultato era stato raggiunto da argomenti di gran lunga più persuasivi. Come quel tardo pomeriggio di un caldo Agosto che vide Giulio, Andrea e Mario inseguiti per tutto il paese da comare Maria della Tanganera, inviperita e con la scopa in mano. Solo la stanchezza e il fiato corto la convinsero a smettere la feroce caccia. Ma ciò non le impedì di andare a fare le proprie rimostranze ai genitori dei fracassoni, condite con minacce di denunce e querele. Gli effetti di quella scenata si poterono vedere il giorno dopo sulle gambe dei malcapitati, segnate da larghe strisce bluastre, che rivelavano a quale altro uso i loro rispettivi padri destinassero la cinghia dei pantaloni.

L'ultima grande corsa in grande stile che venne disputata in paese fu quella vinta da Luigi, che per l'occasione aveva messo a punto una carrozza che tutti ribattezzarono "Ferrari", sia per la straordinaria velocità di cui dette prova, sia per la sua silhouette aggressiva che ricordava la carrozzeria delle Ferrari da corsa. Ci aveva messo quasi un anno, per costruirla, ricorrendo a tutta l'abilità di cui era capace e ai materiali più selezionati e continuamente cambiati e ricambiati, con una pignoleria a dir poco maniacale. Il pezzo forte, ricordo, era costituito dalle ruote a sfera, che davanti erano piccole e dietro un po' più grandi. Queste ultime, diversamente dal solito, erano state accoppiate due per asse, come le ruote dei camion o degli autobus. Inoltre, pare che l'intera serie fosse costituita di un acciaio particolarmente resistente. A procurargliele era stato suo cugino Olindo, che lavorava in una grande officina meccanica del capoluogo.

Anche Raffaelino, in quell'occasione, aveva partecipato con una carrozza fuori del comune; ma alla fine la differenza l'avevano fatta le ruote e l'indubbia guida molto più spericolata di Luigi, che si era aggiudicato il maggior numero di corse fino allora disputate.

Però se le carrozze di Luigi erano famose per la velocità, quelle di Raffaelino erano ammiratissime per la bellezza e la cura dei particolari. E infatti quasi tutte le vetture che aveva costruito si erano aggiudicate il premio come carrozza più bella. Quella volta Raffaelino aveva davvero superato se stesso! La sua carrozza, infatti, aveva l'aspetto di una vera e propria automobile da corsa. Su entrambi i lati della parte anteriore, appuntita, facevano bella mostra di sé due bei fari cromati costituiti da fanalini di bicicletta che si accendevano davvero, grazie a una dinamo, sempre di bicicletta, posta a contatto delle ruote. Nella parte posteriore, leggermente rastremata, e alle cui due estremità rosseggiavano dei fanalini posteriori di bicicletta, pure essi collegati a una dinamo, e con tanto di catadiottri recuperati da un'automobile rottamata, era stato collocato un monumentale sedile imbottito e interamente ricoperto di pelle nera dotato di schienale e basse spondine laterali. Sedendosi al posto di guida, ci si sentiva come dei pascià. L'intera carrozza, inoltre, era stata verniciata con un magnifico rosso brillante che nulla aveva da invidiare a quello di una Ferrari vera. Ma il massimo della sua creatività Raffaelino l'aveva raggiunto con il sistema sterzante, che lasciò letteralmente di stucco tutti quanti. Egli, infatti, con un sofisticato e ingegnoso sistema di giunti e leve, era riuscito a dotare il suo veicolo di un volante vero e proprio! Chi avrebbe potuto contendergli, anche quella volta, il premio per il modello più bello?...

Il premio per la carrozza più veloce e per quella più bella era costituito da una coppa. Tutt'e due le coppe erano fatte di compensato verniciato d'oro ed erano molto ambite. Esse non erano, però, di uguale grandezza né avevano la stessa fattura. Quella attribuita alla carrozza più veloce, e quindi al vincitore della competizione, aveva un disegno molto semplice e lineare; quella riservata alla carrozza più bella, invece, era un po' più piccola ed era caratterizzata da delle anse molto eleganti e arricciate alla base. Superfluo dire che la coppa più prestigiosa era quella destinata al vincitore della corsa. Vincitore che anche in quell'ultima edizione fu Luigi, il quale tagliò il traguardo con cinque minuti d'anticipo sul secondo (Andrea, mi pare).

Dopo quella volta non si organizzarono più corse del genere; sia perché la maggior parte dei loro protagonisti aveva cominciato a entrare nel mondo del lavoro, che non consentiva più comportamenti da ragazzini irresponsabili; sia perché ormai le cose stavano rapidamente e irreversibilmente cambiando: le strade (e principalmente la provinciale) cominciavano a divenire più trafficate, i controlli di Nasopizzuto e dei nostri stessi genitori si erano intensificati, la progressiva diffusione dei televisori aveva iniziato a indurre in noi ragazzini nuove abitudini e un differente modo di trascorrere il tempo libero.

Quindi a poco a poco, a partire dalla mia generazione, si andò sempre più affievolendo la passione per le carrozze e le corse, destinate a rimanere solo un bel ricordo e nulla di più.

VI

Le corse in carrozza d'inverno venivano sostituite da quelle sulla "slitta", a cui io naturalmente partecipavo solo in occasione delle vacanze di Natale, quelle volte in cui il nonno non veniva a trascorrerle da noi e perciò ci chiedeva di andare al paese, dove secondo lui (e non si sbagliava) suo nipote avrebbe potuto divertirsi molto di più che se fosse rimasto in città.

Oh, com'era bello e inebriante lanciarci temerariamente giù per i pendii innevati con i nostri bolidi, sentendo il sibilo dell'aria gelida che ci sferzava il viso imbacuccato! Si aveva la sensazione di volare, tanto che non resistevamo alla tentazione di distendere le braccia come se fossero ali e restare in quella posa sino alla fine della corsa. E come eravamo orgogliosi delle nostre rispettive slitte, che in realtà erano rettangoli di lamiera sottile con una faccia verniciata a smalto. Più precisamente essi erano i listini dei prezzi dei gelati, costituiti da fogli metallici variopinti che i gestori di bar e di negozi alimentari, al principiare della bella stagione, affiggevano in bella mostra sui muri dei loro locali, a fianco all'entrata. Essi per noi esercitavano un irresistibile richiamo. E non solo per via dei gelati di varia forma e colore che vi erano raffigurati, con tanto di nome e relativo prezzo sotto, ma anche, e soprattutto, per il fatto che li trasformavamo in slittini su cui provare l'ebbrezza

della velocità lungo le numerose vie in discesa del paese.
All'inizio della scoperta (cioè quando ci eravamo resi
conto che quei poveri listini potevano fungere da mezzi
di trasporto veloce), tutte le stagioni erano buone per
scivolare sull'asfalto. In breve tempo, però, dovemmo
constatare con dispiacere e disappunto che tali slitte
avevano non pochi inconvenienti:
prima di tutto esse si consumavano nel giro di pochi
giorni e alla fine diventavano inutilizzabili. Infatti il
prolungato attrito contro il manto stradale, combinato con
la pressione del nostro corpo, produceva, in
corrispondenza dei punti in cui poggiavamo il sedere e i
tacchi delle scarpe, buchi che non consentivano più il
pattinamento del mezzo. Per limitare i danni quel tanto
che bastava a prolungare la vita dello slittino avevamo
preso a lanciarci in discesa a gambe divaricate e alzate, in
modo tale da evitare buchi in corrispondenza dei piedi e
poter, così, utilizzare la parte preservata come seduta, una
volta che quella originaria fosse risultata sfondata. La
parte anteriore, allora, diventava quella posteriore e
praticamente si raddoppiava il numero delle corse che ci
era concesso fare;
in secondo luogo non erano rari spiacevoli eventi come
strappi più o meno estesi o inestetici logoramenti della
stoffa dei pantaloni all'altezza delle natiche. Le quali, a
volte, potevano riportare segni di abrasione. Questo era
sicuramente il più temuto degli incidenti, in quanto
rendeva palese, agli occhi dei nostri genitori, che
avevamo infranto il divieto -assoluto!- di fare la
"scivolarella". Le conseguenze, allora, erano terribili

perché, oltre alle punizioni corporali consistenti in schiaffoni, tirate di capelli, battipanni nel fondoschiena o addirittura cinghiate sulle gambe, c'era anche la "pena detentiva", che prevedeva la reclusione in casa anche per più di una settimana. E allora addio giochi e divertimento all'aria aperta;

in terzo luogo, una volta che queste slitte arrivavano alla consunzione era praticamente impossibile rimpiazzarle con delle nuove, poiché i proprietari dei negozi e dei bar dai quali li prendevamo si erano fatti furbi. Costoro, infatti, dopo esserne stati nuovamente riforniti dai "commessi" (così la gente chiamava i rappresentanti delle ditte di cui vendevano i prodotti), non le lasciavano più affisse sui muri dei loro locali, ma le piazzavano davanti a essi semplicemente appoggiate o disponendole l'una contro l'altra a mo' di cavalletti. In tal modo, quando chiudevano, le potevano togliere e riporre al sicuro dalle nostre grinfie. Inoltre, per tutto il tempo in cui rimanevano esposte, erano costantemente sotto il loro sguardo e nessuno di noi sarebbe riuscito a impadronirsene impunemente.

Certo, non mancavano le occasioni di impossessarsi legalmente di quei benedetti listini; e ciò accadeva quando essi venivano aggiornati da una stagione all'altra e quindi quelli che riportavano immagini e prezzi di gelati che non venivano più prodotti dovevano necessariamente essere sostituiti da nuovi. Allora i negozianti (ma non tutti) ce ne facevano dono.

Non mancavano, dicevo, tali occasioni. Ma esse erano rare e comunque aleatorie. Pertanto stabilimmo di servirci di questi slittini solo sulla neve, che in paese, nella stagione invernale, non mancava mai di cadere in abbondanza. Su di essa, infatti, queste cosiffatte slitte non subivano il deterioramento cui andavano incontro a contatto con l'asfalto; anche perché alle corse su questi mezzi affiancavamo la discesa con gli "sci". I quali degli sci avevano solo il nome. Essi, infatti, erano costituiti da lunghe e robuste canne che ci procuravamo nel corso della bella stagione o andando a coglierle lungo i fossi e altri luoghi in cui crescevano, o "prelevandole" dai campi e dai ripostigli dei contadini. In quest'ultimo caso, però, dovevamo fare molta attenzione a non farci scoprire dai proprietari, altrimenti erano guai.

Ricordo che una sera fummo inseguiti da Vincenzo di Pauletto, inferocito più che mai e desideroso di ficcare nel nostro fondoschiena i ricurvi e appuntiti denti del suo forcone, fino al paese; dove, una volta giunti ansanti e trafelati, riuscimmo a far perdere le nostre tracce separandoci e dileguandoci nel dedalo di viuzze e vicoletti che si diramavano formando una vera e propria ragnatela. E non facemmo ritorno a casa fino a quando non vedemmo, protetti dall'oscurità e dalle cantonate delle case dietro cui ci eravamo rimpiattati, con il cuore che batteva a mille all'ora e ci faceva ronzare le orecchie, che il nostro pervicace persecutore andava via, imprecando e minacciando. Avevamo troppa paura, infatti, di poter essere visti e riconosciuti da quell'uomo estremamente irascibile, che sicuramente sarebbe andato a farsi le proprie ragioni dai nostri genitori o, peggio ancora, dalla guardia. E se Nasopizzuto fosse venuto a redarguirci nelle nostre case, apriti cielo, perché amorevoli madri e padri bonari e solitamente comprensivi si sarebbero trasformati in belve inferocite assetate di sangue. Senza contare, poi, che ci sarebbe toccato un lungo periodo di arresti domiciliari con tanto di lavori forzati consistenti, nella migliore delle ipotesi, in pulizie domestiche che andavano dalla lavatura delle stoviglie a quella di pavimenti, porte e finestre. E guai a non eseguire alla perfezione i compiti assegnatici! In quel caso dovevamo ricominciare da capo a suon di scapaccioni conditi da improperi selvaggiamente sbraitati.

Ritrovarsi sulla porta di casa Nasopizzuto che parlava di querele e di case di correzione, con quel suo beffardo e allo stesso tempo minaccioso ghigno, per loro era la più grande onta che potesse esserci, perché si sentivano bacchettati e chiamati in causa su una questione a cui davano estrema importanza: l'educazione dei propri figli. Sentirsi colti in fallo, sentirsi, a loro modo di vedere, richiamare a tal proposito, li mandava letteralmente in bestia e li trasformava in aguzzini spietati e implacabili.

VII

Vincenzo di Pauletto, pace all'anima sua, era un tipo da prendere veramente con le molle, quando si trattava della sua campagna. Nel complesso non era cattivo; anzi, era proprio quello che la gente del paese definiva un buon cristiano, seppur con i suoi limiti, in quanto era un po'..., come dire?..., un po' rustico e diffidente, ecco. E anche poco socievole; nel senso che dava confidenza alla gente solo dopo averla conosciuta in maniera approfondita e soprattutto se vedeva che uno condivideva i suoi stessi valori. I quali sostanzialmente si riducevano a due: amore e dedizione alla campagna e parchezza di costumi, che per noi ragazzi si avvicinava più all'avarizia che alla sobrietà.

Ma a distanza di anni, riflettendo sul suo carattere, devo dire che quel nostro giudizio forse era troppo severo, poiché la mia generazione era distante anni luce dalla sua e non era in grado di capirne la mentalità. I nostri (quelli cioè miei e dei miei compagni di fanciullezza e adolescenza), non so dire se per fortuna o purtroppo, sono stati anni contraddistinti da un diffuso ed evidente benessere quale mai s'era visto. Anni di spensieratezza (almeno per noi ragazzi) e di infanzia, per così dire, prolungata. Nella maggior parte dei casi, ci bastava chiedere ai nostri genitori qualcosa che desideravamo, e in un modo o nell'altro, prima o poi, venivamo accontentati. Vivevamo, come solevano ripetere i vecchi del paese, "in mezzo alla pizza del cacio", cioè in condizione agiata. Mai, per esempio, ci sarebbe venuto in mente, di fare una tragedia per un frutto o un ortaggio rovinato o andato a male. Mai ci saremmo disperati nel veder venire giù dal cielo la grandine. Mai saremmo stati sfiorati dall'idea di compiere quasi un sacrilegio, rifiutandoci di mangiare il nostro piatto di pasta o una fetta di pane perché non li trovavamo adeguatamente conditi o semplicemente perché non erano di nostro gusto. E rimanevamo meravigliati nel vedere gli adulti, e specialmente i nostri nonni, farsi il segno della croce ogni volta che sulla tavola si rovesciava del vino o dell'olio; o nel vederli baciare il pezzo di pane caduto a terra e poi mangiarlo devotamente, dopo averlo accuratamente e delicatamente ripulito. Noi, se ci cadeva a terra la fetta di pane che mangiavamo accompagnato da qualche squisitezza o semplicemente unto con l'olio di oliva e insaporito con un pizzico di sale, non lo accostavamo più alla bocca, perché lo ritenevamo sporco o, peggio ancora, contaminato. E assistevamo con stupore e divertimento alla scena dei nostri nonni e genitori che si chinavano devotamente a raccoglierla, pulirla, baciarla e poi gustarla piamente, magari recitando una preghiera di ringraziamento, per la possibilità di avere a disposizione quella "grazia di Dio".

Quante volte in tali occasioni il nonno, scorgendo nel mio viso un'aria di divertito compatimento, mi diceva, in tono di bonario rimprovero:

<<Ah, figlio mio! Tu sei come gli uccelli che non conoscono il grano!>>

E quando gli chiedevo cosa significasse una simile espressione, mi rispondeva immancabilmente che gli uccelli che non conoscono il grano sono degli infelici, perché ignorandone l'esistenza non si rendono conto di quale ricchezza si privino.

<<Ma io il grano lo conosco!>>, rispondevo tra il piccato e il divertito.

E lui: <<E allora perché non apprezzi il pane? Lo sai che è peccato mortale sprecarlo e buttarlo come fai tu? Lo sai che ci sono posti, nel mondo, dove i ragazzi come te ringrazierebbero Dio ogni giorno per avere la possibilità di mangiarne? Lo sai che ai miei tempi la gente, quando poteva averne un po', non ne faceva cadere neanche una briciola? Ah, figlio mio, tu non sai cos'è la fame! La fame vera, voglio dire! Voi, giovani di oggi, non potete sapere cosa vuol dire essere tormentati dalla fame al punto da non riuscire neanche a prendere sonno, a letto; o perfino al punto di non riuscire nemmeno a pensare. Voi siete nati in mezzo alla pizza del cacio e non sapete apprezzare quello che avete. Mi auguro per te che tempi come quelli in cui sono nato e cresciuto io non tornino più. Me lo auguro e te lo auguro con tutto il cuore, figlio mio!>>

Ma mi accorgo che sto divagando, mentre avrei dovuto continuare a parlare di Vincenzo di Pauletto, l'uomo che in più occasioni ha seminato, nel mio cuore di fanciullo, un sacro terrore. Egli, come dicevo, non era così cattivo come ci appariva, ma diveniva furioso quando lo si toccava nel suo punto più sensibile: la campagna. Questa, per lui, era una vera e propria religione, era anzi la sua unica ragione di vita. Passava intere giornate, dall'alba al tramonto, a zappare, sarchiare, annacquare e curare i suoi due-tre piccoli appezzamenti di terra, comprendenti anche una vigna e un orto. In essi seminava di volta in volta grano, granturco e patate e li lavorava e sorvegliava instancabilmente. Nonostante a quei tempi il benessere, come dicevo, si fosse sufficientemente diffuso anche in paese, egli continuava a comportarsi caparbiamente come si viveva quando era giovane lui. Pertanto vedeva nella terra la sua unica e preziosa fonte di sostentamento, che lavorava e custodiva gelosamente. Non aveva occhi che per le piante e i frutti da essa prodotti e considerava nemici giurati quanti a suo giudizio avrebbero potuto arrecarle danni.

Nel corso della sua fanciullezza e giovinezza i contadini sarebbero stati capaci di uccidere, per quello che ai nostri occhi poteva sembrare un innocente furtarello di qualche mela, un grappolo d'uva, qualche pannocchia, quando ci spargevamo tra i campi per impossessarci di qualche primizia che poi mangiavamo insieme divertiti. Per noi era inconcepibile che un uomo potesse arrabbiarsi così tanto per una simile bravata, dato che quegli stessi prodotti per cui Vincenzo di Pauletto si dannava l'anima erano disponibili in grande quantità e a un prezzo non certo esoso dal fruttivendolo. Allora ci godevamo da matti quando potevamo farlo uscire dalla grazia di Dio e vederlo adirato al punto tale che il viso gli diventava di fuoco e le vene del collo gli si gonfiavano come bastoni e pulsavano vistosamente, mentre sbraitava e minacciava sfracelli, magari agitando in aria un nodoso bastone o l'attrezzo agricolo che in quel momento si ritrovava tra le mani.

Sfortunatamente, non so se per noi o per lui, un suo modesto appezzamento confinava con il campo sportivo da poco realizzato dal Comune espropriando anche una parte del suo terreno agricolo. Quella dell'esproprio, a Vincenzo di Pauletto, era una cosa che proprio non voleva andare giù. Egli, infatti, si era fieramente opposto alla costruzione del campo da gioco, visto che la sua terra sarebbe stata praticamente distrutta. Aveva ostinatamente respinto ogni offerta che gli era stata fatta, ma alla fine il Comune, in forza della legge, se l'era presa ugualmente, per la gioia di noi ragazzi, che finalmente avremmo avuto un campo da calcio tutto per noi. Egli allora, dopo avere sbraitato, imprecato, bestemmiato e maledetto, aveva giurato che se qualcuno o qualcosa si fosse ritrovato su ciò che rimaneva della terra che gli era stata rubata avrebbe chiamato i carabinieri.

A dire il vero, quelli del Comune ce l'avevano messa tutta, per non provocare la sua ira, disponendo che il lato confinante con il suo campo (disgraziatamente si trattava di quello dove si erigeva una delle due porte di calcio) fosse provvisto di una rete di recinzione più alta delle altre che delimitavano il terreno di gioco. Tuttavia, per quanto questa fosse alta, di tanto in tanto i palloni la superavano e andavano a finire proprio sulla terra di Vincenzo. E allora apriti cielo! Andarli a riprendere era una vera e propria impresa. Neanche a farlo apposta, poi, i palloni piombavano nella zona proibita soprattutto nei momenti in cui Vincenzo di Pauletto era intento a lavorare lì. In quelle tristi occasioni si tirava a sorte, per decidere chi dovesse andare a parlamentare con quel matto furioso, per poter riprendere la palla. Guai a chi avesse tentato di inoltrarsi in quella zona minata senza prima aver chiesto il permesso di farlo al proprietario! Permesso che d'altronde, salvo rarissimi casi, veniva puntualmente negato a suon di urla e minacce. Perciò si cercava sempre di agire di soppiatto, senza interpellarlo. L'ultima volta che uno di noi ci aveva provato, confidando nel fatto che Vincenzo era girato di spalle, curvo sulla terra e intento a zappare, si era dovuto ritirare ignominiosamente e in tutta fretta, per evitare di essere colpito dalla zappa che costui gli aveva ripetutamente scagliato addosso, mentre lo inseguiva tra le zolle.

Fu, quella, una scena esilarante per noi, ma non per il nostro malcapitato compagno di gioco, che tutto fece fuorché divertirsi, intento com'era a scappare come una lepre e a girarsi indietro, per vedere se quel pazzo furioso avesse smesso di inseguirlo fermandosi solo il tempo necessario a raccogliere la zappa che gli aveva lanciato dietro e scagliargliela nuovamente addosso, per poi riprendere accanitamente l'inseguimento. Quando quel poveretto (Raffaele, mi pare) riuscì a raggiungere la stradina che faceva da confine tra il campo di Vincenzo e il terreno ormai proprietà del Comune, era bianco come un cencio, madido di sudore e con le caviglie sanguinanti, per via delle escoriazioni e dei graffi che si era procurato affondando i piedi tra le zolle dure e riarse, ma felice. Infatti non solo era riuscito a evitare di essere

93

preso o colpito da Vincenzo, ma aveva potuto recuperare il pallone, che aveva afferrato veloce come il fulmine e poi si era messo sotto un braccio, mettendosi a correre a zig zag. Fu accolto da un coro di urla gioiose e da gesti di esultanza, quando si diresse verso di noi alzando trionfante sopra la testa, come un prezioso cimelio, il pallone.

Ciò fece arrabbiare ancora di più Vincenzo, che interpretando i nostri schiamazzi e gesti come atti di derisione rivolti a lui, dal confine che non oltrepassava mai si eresse con fiero cipiglio contro di noi per quanto gli era consentito dalla sua non imponente statura e, appoggiandosi con il palmo di una mano al manico della zappa che aveva raccolto per l'ennesima volta, senza riuscire più a scagliarla ancora dietro il nemico in fuga, protese in alto il braccio destro scosso da vistosi tremiti, ci puntò contro il pugno e, bestemmiando come un turco, tornò a giurare solennemente, com'era solito fare in simili frangenti, che prima o poi ci avrebbe accomodati per le feste, non ce ne incaricassimo!

Come si arrabbiava, quell'uomo, per un motivo così futile! In fondo che danno avrebbe mai potuto procurargli una palla caduta, di tanto in tanto, sul suo terreno? E quale sconquasso avrebbe potuto fare un ragazzino che vi si avventurava (tra l'altro con mille cautele e, si poteva dire, in punta di piedi) per recuperarla? Ma era ovvio che nessuno di noi, nati e cresciuti nell'abbondanza, poteva capire fino a che punto la paura della carestia e della povertà lo ossessionasse. E pertanto sperare che potesse cambiare atteggiamento era tempo perso. Cosa che Tonino, più grande di noi, aveva ben compreso. Così, ogni volta che il pallone finiva sul campo della discordia,

provocando dibattiti e consultazioni alla fine dei quali veniva scelto il disgraziato incaricato del recupero, egli invariabilmente gli si metteva a cantare dietro, sulle note di *Winchester Cathedral* della *The New Vaudeville Band*, canzone in quel periodo molto popolare:
<<Mingenzo 'ndi l'ardà, tarà-tarà-rà; Mingenzo 'ndi l'ardà, tarà-tarà-rà; Mingenzo 'ndi l'ardà, tarà-tarà-rà ; no-no'ndi l'ardà![2]>>

Un bel giorno, stufi di dover sempre fermarci nel bel mezzo di una partita, per tirare a sorte il poveraccio da inviare sul campo di Vincenzo con la pericolosa missione di recuperare la nostra preziosa sfera di cuoio (sì, di cuoio, perché finalmente, da quando era stato realizzato il campo di calcio, era sorta una vera e propria squadra e quindi avevamo a disposizione palloni veri e propri, e non più di plastica, anche quando giocavamo le nostre infinite partite al di fuori degli allenamenti); un bel giorno, dunque, decidemmo che a portare a termine questo ingrato compito dovesse essere chi l'aveva calciata oltre la rete. Si sperava, così, di aver risolto definitivamente la questione, ma così non fu. Infatti sorsero innumerevoli altre controversie in proposito che in non pochi casi ci costrinsero nuovamente a ricorrere al sorteggio: sì, era Raffaele che aveva colpito il pallone, ma questo era stato deviato dall'intervento di Luciano; o aveva battuto sulla schiena di Gianfranco, prima di schizzare fuori; o era stato smanacciato da Tonino che stava in porta. E il portiere, che era al confine della rete, non poteva essere chiamato in causa ogni volta che

---

[2] Vincenzo non te lo ridà; Vincenzo non te lo ridà; Vincenzo non te lo ridà; non te lo ridà.

interveniva per evitare il goal. Né si poteva pretendere che chi deviava la traiettoria del pallone fortuitamente o per difendere la propria porta andasse a raccoglierlo. D'altra parte chi aveva effettuato il tiro sosteneva a buon diritto che non era colpa sua se il pallone era finito fuori. Infatti esso era stato deviato, altrimenti non sarebbe finito nel posto sbagliato.

Insomma, ogni volta erano discussioni infinite e quasi sempre si era costretti a rimandare un incontro al giorno seguente, perché arrivava inesorabilmente la sera e quindi il buio. E comunque prima che annottasse dovevamo far rientro a casa, se non volevamo avere problemi anche con i nostri genitori.

VIII

Diario
24/7/1968
Oggi è successo di tutto al campo sportivo, ed è venuta anche la guardia. Solo che questa volta non se l'è presa con noi, ma con Vincenzo, che ci ha bucato il pallone. Lui ha detto che non l'ha fatto apposta, ma nessuno gli ha creduto. Forse nemmeno Nasopizzuto, che ci guardava divertito, con quel ghigno beffardo perennemente stampato nel viso grifagno, mentre Vincenzo si affannava a ripetere, sbraitando e gesticolando alla solita maniera, che il pallone gli era piombato davanti proprio nel momento in cui stava frantumando una zolla con il bidente.

Toh!..., neanche a farlo apposta, nello sfogliare il diario ho pescato questa breve annotazione riguardante proprio Vincenzo di Pauletto. Oh, sì!, mentre la leggevo mi è tornata in mente all'istante quella giornata di tanti anni fa, quando le sole preoccupazioni che io e i miei coetanei avevamo erano le prevedibili sfuriate del povero Vincenzo e il timore di essere puniti dai nostri genitori, se non filavamo dritto.
Ma ormai questa è preistoria, e nessuno dei ragazzi odierni prenderebbe per vero il racconto della vita che si faceva una volta, quando quelli della mia generazione avevano la loro stessa età.
Lo ricordo come se fosse ieri, quel giorno: un tardo e caldo pomeriggio estivo di quelli che non si possono

ripetere più se non nella memoria, la quale li fa rivivere con il rimpianto che accompagna la rievocazione di un'epoca felice e spensierata vissuta nell'inconsapevolezza e nell'illusione che il tempo non debba mai trascorrere e che si resterà sempre dove e come si è. E ti sembra che i vecchi, i maturi, i grandi siano sempre stati così come li vedi; e che così resteranno per sempre. Poi un bel giorno ti volti indietro e scopri con amaro stupore che quel presente senza principio né fine non esiste più se non nella tua caleidoscopica e smarginata memoria. Ti chiedi, allora, che è avvenuto di quel ragazzino che senti ancora di essere, ma che per lo specchio ha il volto di un uomo maturo. E mentre te lo chiedi ti passano davanti confusamente e in rapida successione visi e figure di persone che il vortice della vita ha risucchiato e cambiato o, quel che è peggio, portato via per sempre. E luoghi, ambienti e situazioni si mescolano e fluttuano e vorticano nella caligine del tempo che trascorre forse impercettibilmente, ma inesorabilmente. E di colpo ti trovi a interrogarti sul senso della vita, sul perenne presente in cui ti trovi immerso e al quale senti di non appartenere, perché tante cose, tante persone, sono cambiate -e non in meglio- attorno a te.

Oh se lo ricordo, quel giorno! Talmente bene, ora che mi è tornato in mente, che mi sembra sia stato ieri!

Appena finito di pranzare ero corso subito a prendere la borsa in cui tenevo maglietta, calzoncini e scarpe da gioco e mi ero dileguato in un battibaleno, dicendo a mia madre che avevo appuntamento con gli amici al campo sportivo. In dieci minuti raggiunsi gli altri, alcuni dei quali stavano già tirando calci al pallone "vero"; quello, cioè, di cuoio, che Enzo la sera prima era andato a recuperare tra il groviglio quasi impenetrabile dei rovi esistente oltre la strada sottostante il lato sinistro del campo. Esso era finito lì nel corso dell'allenamento della squadra e nessuno era stato in grado di ritrovarlo. L'allenatore allora ne aveva preso un altro e aveva continuato l'attività in corso, dicendo che non si poteva perdere tempo a cercarlo. Poi ci avrebbe pensato Michelino, che era una sorta di tuttofare della squadra e, tra le altre sue incombenze, aveva quella di occuparsi anche del recupero dei palloni finiti tra la sterpaglia. Ma Michelino quel giorno non c'era e così Enzo dopo l'allenamento corse a casa, prese una delle falci del padre e con quella cominciò a ripulire dalle erbacce il punto in cui aveva visto piombare il pallone. Alla fine riuscì a ritrovarlo e il giorno seguente, tutto felice, ce lo mostrò dicendo che avremmo potuto giocarci fino al prossimo allenamento, quando ci sarebbe toccato rimetterlo con gli altri nello spogliatoio.

<<Allora oggi pomeriggio tutti al campo!>>, esclamò esultante Antonello, a cui non pareva vero di poter giocare con un pallone di cuoio per tutto il tempo che si voleva.

<<Sì, tutti al campo dopo pranzo!>>, aggiunse Raffaele, seguito da un coro di approvazioni.

Una volta riunitici sul terreno di gioco, in quattro e quattr'otto formammo due squadre, stabilimmo chi dovesse arbitrare e soprattutto chi avesse dovuto recuperare il pallone, nel caso in cui questo fosse finito nel campo di Vincenzo, che per il momento non era ancora arrivato, e cominciammo senz'altro la nostra partita. Di lì a poco Federico, uno dei più piccoli tra noi, che avevano l'incarico di raccattapalle e di vedetta, ci avvisò dell'arrivo di Vincenzo. Egli infatti stava imboccando proprio in quel momento la breve salita che conduceva al campo sportivo, di fronte al quale si trovava, disgraziatamente, il suo appezzamento di terreno.

Evidentemente aveva sentito i nostri schiamazzi e poi, come faceva sempre, in quelle circostanze, era andato a sbirciare dalla ringhiera della piazza, sotto e al di là della quale si poteva contemplare un ampio panorama comprendente anche il campo da gioco comunale, situato a poca distanza. Quindi, messi in spalla i soliti arnesi da lavoro e calcatosi in testa l'inseparabile cappello marrone unto e bisunto e dalla tesa mezzo accartocciata, era corso a difendere la sua proprietà.

Dopo essersi soffermato alquanto a fissarci con fiero cipiglio, ci voltò le spalle, si addentrò nel terreno già tutto zappato e, afferrato il bidente, si mise di gran lena a frantumare le zolle troppo grandi; sogguardando, di tanto in tanto, il campo sportivo fonte di angosce e preoccupazioni continue, per lui. Noi, intanto, continuavamo a giocare apparentemente spensierati, ma in realtà badavamo a non effettuare tiri pericolosi che avrebbero potuto provocare l'ira di Vincenzo. Ma per quanto ciascuno di noi si impegnasse a non calciare con forza il pallone, quando si trattava di attaccare la squadra la cui porta era situata vicino all'appezzamento di quel rusticone, non fu possibile evitare, nel corso di una concitata azione di attacco, che quella benedetta sfera, dopo essere stata smanacciata alla bell'e meglio dal portiere, schizzasse in aria a tutta velocità e, dopo aver piroettato bizzarramente, finisse oltre l'alta rete di recinzione e quindi nel bel mezzo del terreno di Vincenzo.

<<Mingenzo 'ndi l'ardà...>>, prese a intonare Tonino in tono canzonatorio, all'indirizzo del poveraccio a cui sarebbe toccato di andare a raccogliere il pallone. Ma nello stesso momento fu interrotto da una sorta di scoppio soffocato proveniente dal campo dell'irascibile contadino e quasi subito Federico venne a riferirci che quello aveva bucato il nostro pallone. Costernati e increduli, ci dirigemmo verso il luogo del misfatto e potemmo constatare con amarezza e disappunto la veridicità dell'informazione. In mezzo alla stradina che divideva il campo di gioco dall'appezzamento di Vincenzo, infatti, scorgemmo la floscia sagoma informe e squarciata di quella che fino a qualche istante prima era stata una bella e gonfia sfera di cuoio e che ora, invece, ci appariva come la grigiastra spoglia di un grosso coniglio scuoiato gettata a marcire.

Quell'indemoniato, appena il pallone gli era piombato davanti, proprio a tiro del bidente con cui stava lavorando, senza metterci né olio né sale gli aveva vibrato un rabbioso colpo che lo aveva squarciato. Un dente dell'attrezzo agricolo era andato a infilarsi in una cucitura della sfera di cuoio e... puff!, addio palla. Poi Vincenzo si era affrettato a sbarazzarsi della sua "vittima", gettandola lontano da sé e continuando a zappare come se niente fosse. Probabilmente pensava di non essere stato visto e che quindi nessuno avrebbe potuto incolparlo di nulla; anche perché era alquanto lontano dalla stradina che per un tratto fiancheggiava il suo terreno. Ma Federico aveva visto tutto e ci riportò per filo e per segno ciò che era accaduto. Cominciammo allora a protestare vivacemente nei confronti di quel barbaro distruttore di palloni, il quale a ogni nostra rimostranza ribatteva puntualmente che lui non sapeva niente della nostra palla; e che se l'avevamo persa non era colpa sua; e che lui non si era mosso dal suo campo; e che era troppo occupato a zappare per pensare ai fatti degli altri; e che se qualcuno si fosse azzardato a mettere piede nel suo terreno lo avrebbe accomodato per le feste, <<perché questa volta, quant'è vera la Madonna, faccio venire la guardia e vi denuncio!>>, aveva concluso tutto rosso in viso e con la bava alla bocca, riprendendo a zappare furiosamente le zolle che sotto i violenti colpi di bidente si frantumavano facendo schizzare tutt'attorno schegge impazzite di terriccio miste a polvere. Quindi, tra un "ahhn!..." e l'altro che gli uscivano dalla bocca contratta e con le labbra stirate ogni qualvolta menava un fendente su quelle povere zolle, dava in esclamazioni e frasi smozzicate: <<Ahhn!... ma tu vedi un po'... ahhn!... se un pover'uomo... ahhn!... un povero contadino... ahhn!... che se ne sta... ahhn!... a zappare... ahhn!... tranquillamente... ahhn!... tranquillamente la campagna sua... ahhn!... deve essere aggredito... ahhn!... in questo modo! Ahhn!... ahhn!... Uno... ahhn!... uno, insomma... ahhn!... se ne sta per conto suo... ahhn!... senza dare fastidio a nessuno... ahhn!... e nemmeno... ahhn!... e nemmeno va bene!... ahhn!.. ahhn!... Ma vi aggiusto io... ahhn!..., vi aggiusto!... ahhn!... ahhn!... Provate... ahhn!... provate a entrare qui e... ahhn!... vado a chiamare la guardia... Ahhn!... e vi faccio mettere in galera!... Ahhnn!...>>

<<In galera ci devi andare tu!>>, si sentì gridare a un tratto dal basso, in direzione dell'imbocco della stradina che conduceva al campo sportivo.

<<Anzi, al manicomio devi andare, brutto matto che non sei altro!>>, proseguì la voce, avvicinandosi. Non facemmo in tempo a voltarci che Michelino, il tuttofare della squadra, sceso in fretta e furia dalla sua Ape, ci raggiunse ansimante e con il viso acceso dalla rabbia. Mentre tornava a casa dalla contrada in campagna in cui aveva un orto, nel percorrere la strada che si snodava sotto il campo da gioco, aveva visto il gruppo che avevamo formato al confine della terra di Vincenzo e ci aveva sentiti urlare contro di lui, così si era fermato per capire cosa stesse succedendo. Nel frattempo Federico e due altri sue piccoli compagni, vedendolo, erano corsi verso di lui e concitatamente gli avevano raccontato la storia del pallone bucato e le minacce di quell'uomo irascibile, sventolandogli davanti agli occhi ciò che rimaneva del pallone della squadra. A tale vista, e al sentir sbraitare e inveire il contadino, Michelino aveva spento l'Ape e, dopo aver tirato energicamente il freno a mano, era saltato fuori inviperito e deciso a dirne quattro a Vincenzo, che stavolta aveva passato il segno.

<<Ah!... >>, disse quest'ultimo, ergendosi in tutta la sua persona e assumendo la fiera posa di un gallo pronto a combattere contro un rivale che minaccia di invadere il pollaio di cui è signore.

<<Ah!..., adesso stiamo a vedere che un povero contadino non è padrone nemmeno di starsene in pace sulla terra sua a zappare! Ah!..., devo andare al manicobbio?... E perché non mi ci porti tu!?... avanti vieni, vieni a prendermi nella terra mia, se sei buono!...

prova a venire qua e te lo dò io il manicobbio, scostumato che non sei altro! Vienimi a prendere e ti faccio vedere io! Vieni, vieni, che te la insegno io l'educazione!>>

È nell'esprimersi in questo colorito linguaggio che storpiava vocaboli e sintassi impugnò con le mani callose e frementi l'asta del bidente che fino ad allora aveva tenuto ritto lungo un fianco e lo brandì alzandolo di traverso tra la spalla e il bacino, come un battitore di baseball pronto a colpire la palla.

<<Se pensi di impaurirmi ti sbagli, perché con me hai giusto trovato la forma per le scarpe tue! E comunque non ho nessuna intenzione di entrare nel tuo campo, anche se avrei voglia di scavàrtici la fossa. Ma non te ne incaricare, che te la farò passare io la pazzia. Ora vado a chiamare la guardia e ti faccio accomodare per le feste!>>

<<E vai, vai!... cosa stai aspettando?>>, ribatté Vincenzo, con il viso rosso stravolto dalla rabbia.

<<Io qui sto, non mi muovo. Vai, vai a chiamare la guardia!... così glielo spiego io come stanno le cose!... Ma tu vedi un po'!?!... Roba che non ci si può credere!... Uno ora non è più padrone nemmeno di starsene a zappare sulla terra sua... ma guarda un po'!?...>>

<<Tu puoi startene dove vuoi e fare quello che ti pare, ma la roba del Comune la devi lasciar stare! Chi ti ha autorizzato a bucare il pallone?... Come ti sei permesso di rovinare una cosa che appartiene alla squadra del paese?>>

<<Io non ho rovinato un bel niente! Il pallone?!... ma di che pallone parli?... chi lo ha visto il pallone?... io stavo zappando e non ho visto né palle né palloni. E poi ti

ripeto che sulla terra mia faccio quello che mi pare! Sono gli altri che rovinano la roba degli altri, non io!... l'hai capito, asinaccio che non sei altro?...>>

<<Sì, sì, continua a gridare e a fare il finto tonto, che tra poco te ne accorgerai. Tu aspetta ancora un po' e dopo lo vedrai che vento fera[3] marzo!... non te ne incaricare, che ti accomodo io, ti accomodo!...>>, rispose Michelino, avviandosi verso la sua Ape e di lì a poco mettendola in moto e partendo quasi nello stesso momento, facendola impennare bruscamente.

<<Sulla terra mia comando io, l'hai capito, eh!?... l'hai capito?...>>, continuava a gridargli dietro Vincenzo, cercando di sovrastare il rumore del motore del mezzo che, sotto lo sforzo dell'accelerazione rabbiosa di Michelino, pareva barrire come un elefante asmatico.

Non passò un quarto d'ora che sul luogo del "delitto", preceduto da Michelino, si presentò Nasopizzuto, simile a un corvaccio sotto l'inseparabile divisa nera, e con il suo immancabile ghigno beffardo stampato nella faccia giallognola e segaligna solcata, al di sotto degli zigomi e alle estremità degli occhi adombrati dalla visiera del berretto, da diverse marcate grinze che le conferivano un aspetto poco rassicurante.

<<Ecco qua!>>, esclamò Michelino mostrandogli il pallone squarciato che si era fatto consegnare da uno di noi.

<<Ecco qua la prova della bella azione di quel matto furioso!>>, ripeté facendo un significativo cenno con la testa in direzione di Vincenzo, che nel frattempo continuava a lavorare curvo sul bidente, dando le spalle

---

[3] Fera = porta.

105

agli arrivati e caparbiamente concentrato sulla propria attività. Nasopizzuto, stringendo tra l'indice e il pollice di una mano l'oggetto del reato, che sotto il suo braccio teso in avanti oscillava come un pendolo, si diresse verso Vincenzo, il quale fingeva spudoratamente di non essersi accorto della sua presenza.

Arrivato sul limite dell'appezzamento di terreno si fermò e, con un'espressione tra il divertito e il serio, gli chiese: <<Allora, Vincenzo, che mi dici di questo pallone? È vero quello che dicono Michelino e i ragazzi? È vero che sei stato tu a ridurlo così?>>

Ma quello, intento a lavorare con un impegno e un'attenzione fuori dal normale, per tutta risposta si accoccolò e si mise a frugare con le sue tozze dita tra le zolle sminuzzate, da cui estrasse in rapida successione alcuni grossi sassi che raccolse sul palmo di una delle sue manacce e lungo il braccio che aveva accostato al petto. Poi, alzatosi emettendo un profondo e sofferto "ahhnn!...", si diresse verso una montagnola di pietrisco posta lungo un bordo del suo campo e vi gettò sopra il carico di ciottoli.

<<Ehi, Vincenzo, dico a te... mi senti?>>, tornò a domandare Nasopizzuto, portandosi la mano libera sul lato della bocca a mo' di cucchiaio, per amplificare la voce. Ma quello era già tornato a raccogliere pietre tra le zolle, voltandogli le spalle e borbottando tra sé imprecazioni a non finire per via di quel terreno disseminato di robaccia. Allora Nasopizzuto, capita l'antifona, si avviò decisamente verso di lui, lo raggiunse e gli batté alcuni colpettini su una spalla con la punta dell'indice piegato a uncino. L'altro, che a questo punto non poteva più fare lo gnorri, voltò il capo dietro di sé,

guardò all'insù e, riconosciuto nella nera figura che gli torreggiava sopra la guardia, si levò in piedi e, cavatosi di testa l'inseparabile cappellaccio spiegazzato cosparso di macchie di sudore, prese ad asciugarsi energicamente e in fretta fronte, viso e collo con un fazzolettone raggrinzito e lurido di terriccio misto a untume. Nello stesso tempo salutò rispettosamente il suo interlocutore:

<<Bbonasèra, 'gnora guardia![4]>>

Poi, appoggiandosi con le mani sovrapposte sopra il manico del bidente posto verticalmente davanti a sé, e stringendo tra pollice, indice e medio della mano destra una falda del copricapo penzolante lungo l'attrezzo, continuò, strabuzzando gli occhi e sbuffando per la fatica: <<Che caldo umido c'è, oggi!... si fa fatica anche a respirare!>>

<<E non potevi startene a casa a riposarti, invece di venire a romperti la schiena qui? E a quest'ora, poi?>>, ribatté Nasopizzuto con aria sorniona.

<<Eh, 'gnora guardia... si fa presto a dire ripòsati, ma intanto se non preparo la terra per tempo le patate non le posso piantare più. E così mi si rovina l'annata! E questo inverno poi che mangio, se non ho niente da vendere?>>

<<Ma lasciale stare, le patate!... e piuttosto gòditi la tua pensione, che con i soldi che prendi non hai certo bisogno di lavorare come un mulo, per campare>>.

<<La pensione?!... la pensione?!... E che ci faccio con la miseria che mi dànno? I soldi della pensione mi bastano appena per pagare le tasse e comprare il necessario per tirare avanti, 'gnora guardia!... E se non mi dessi da fare

---

[4] Buonasera, signora guardia.

con quel po' di campagna che mi è rimasta, starei fresco, starei!...>>

<<E dài, Vincenzo, non dire bugie, che te l'ha pagata bene, il Comune, la terra che ha comprato per fare il campo sportivo! Non li hai messi sul libretto della Posta, quei soldi?...>>, gli rispose Nasopizzuto, voltandosi stavolta verso di noi con aria divertita, ben sapendo che aveva toccato un tasto che faceva andare in bestia il contadino.

<<La terra che il Comune mi ha preso valeva tre volte di più di quello che mi ha pagato. E comunque io non l'avrei venduta a nessun prezzo, perché ci ho schiumato sopra il sangue mio per farla diventare bella grassa! Poi sono arrivati loro -i padroni!- e me l'hanno tolta con la forza! E per non farsi dire che avevano levato a un pover'uomo il pane dalla bocca mi hanno dato una miseria. E per di più me ne devo pure stare zitto!>>

<<Ma caro Vincenzo, tu ti ostini a non voler capire che quando ci sono di mezzo il bene e l'interesse di tutti il Comune ha non solo il diritto, ma anche il dovere di ricorrere all'esproprio. E ti devi mettere in testa una volta per tutte che quella che tu chiami prepotenza è democrazia, solo e soltanto democrazia>>.

<<Sì, la demograzzisa!... buona pure quella!... la demograzzisa che mette in mezzo alla strada un povero contadino per far divertire i ragazzi che non hanno niente da fare da mattina a sera sulla terra che a lui serve per campare! È proprio una bella cosa, la demograzzisa! Ma dovranno tornare le elezioni, e allora glielo farò vedere con il binocolo il mio voto, al sindaco e agli altri del Comune. Ai comunisti lo darò, il mio voto, altro che alla demograzzisa!>>

Nasopizzuto si portò una mano alla bocca, stringendo le narici del suo naso adunco tra il pollice e l'indice e chinando la testa come stesse riflettendo, ma in realtà compiendo uno sforzo per reprimere una sonora risata. La "demograzzisa", per Vincenzo, si identificava con la Democrazia Cristiana, il partito del sindaco e di quelli che comandavano nel Comune.

<<Stammi a sentire, Vincenzo>>, disse poi, rialzando il capo e fissandolo con l'espressione fredda e inquietante che assumeva ogni qualvolta voleva incutere timore a qualcuno; <<Stammi a sentire: Michelino è venuto a chiamarmi perché dice che tu con il tuo bidente hai distrutto il pallone della squadra, e perciò vuole che io faccia il verbale e poi lo porti ai carabinieri, per denunciarti. Io non voglio arrivare a questo, ma tu devi essere ragionevole e non minacciare più i ragazzi che vengono a chiederti la palla, quando finisce sul tuo campo>>.

<<Ma... ma... ma...>>, cercava di interloquire il contadino. Però Nasopizzuto, ignorando i suoi tentativi di replicare, gli si accostò, gli strinse con fare confidenziale e amichevole un braccio con una di quelle sue lunghe e nerborute mani simili agli artigli di un rapace e, con fare sornione continuò:

<<Stai a sentire me che ti parlo con il cuore in mano, Vincenzo; e che non ho interesse a fare del male a un galantuomo; anzi, sono qui per risolvere la faccenda in maniera soddisfacente per tutti e senza mettere di mezzo carabinieri e carte bollate. Perché vedi, se le cose le risolviamo alla buona tra di noi ce ne torniamo tutti quanti tranquilli a casa come se non fosse mai successo

niente, ma se per disgrazia invece di venirci io qua dovessero arrivarci i carabinieri…, mmmh!...>>

E qui Nasopizzuto, scrollando significativamente il capo, aggiunse, lanciando attorno a sé uno di quei suoi caratteristici sguardi di ilare cattiveria che tanto terrore incutevano in noi: <<Mi sa tanto che qualcuno finirebbe per essere accomodato per le feste… perché, vedi, Vincenzo, questa è una situazione che puzza tanto di Pretura!>>

<<Ma 'gnora guardia>>, riuscì a dire finalmente Vincenzo. <<Ma 'gnora guardia, io non ho fatto niente! Che colpa ho io, se la palla mi è piombata davanti ai piedi proprio mentre stavo zappando con il bidente? Guarda, mi devi credere… non sto raccontando bugie! Mi possano cecare se non dico la sacrosanta verità!>>

<<Ah, sì?...>>, intervenne allora Michelino, fremente di rabbia e tutto acceso in volto. <<Tieni, allora: guàstami la croce!>>

E così dicendo protese verso Vincenzo entrambe le mani, i cui due indici erano stati sovrapposti a formare una croce. Era, questo, un gesto di scongiuro allora abituale tra gli anziani del paese; e a cui spesso ricorrevamo anche noi, per provare la buona fede di qualcuno con cui entravamo in diverbio. Si agiva in tal modo nella convinzione che chi diceva la verità non aveva paura di disfare (cioè di guastare) la croce formata dalle dita dell'avversario, e quindi di cadere nel peccato mortale, commettendo un sacrilegio.

Ma Vincenzo, fingendo ostinatamente di ignorarlo, continuava a farsi le sue ragioni con Nasopizzuto, sbraitando e sacramentando con un viso acceso più che mai e con le vene del collo così gonfie che parevano stessero lì lì per scoppiare. Intanto Michelino non smetteva di incalzarlo, ostentandogli davanti agli occhi i due indici sovrapposti a croce e ripetendogli provocatoriamente: <<Avanti, se non hai paura guastami la croce! Avanti, guastala, se hai la coscienza a posto!>>

<<Io non devo guastare proprio un bel niente, perché ho la coscienza pulita! E ora vattene dalla mia terra! Non ti ci voglio, hai capito? 'gnora guardia, pensaci tu!... fallo andare via, se no...>>

<<Sennò che fai, prendi a bidentate anche me, come hai fatto con il pallone? Dài, prova a colpire anche me, se sei capace! Avanti, che aspetti?>>

<<Vattene via dalla mia terra, o quant'è vera la Madonna ti accomodo per le feste!...>>

<<E dài, che stai aspettando?>>

A questo punto Nasopizzuto si interpose tra i due e, premendo energicamente ciascun palmo delle sue mani sul loro petto, riuscì a distendere le braccia in modo tale da distanziarli quel tanto che bastava a evitare un incontro di boxe. <<Fermi!..., fermi!... E che diamine! Siete persone grandi, e dovreste essere voi a essere d'esempio per i ragazzi!... Ma volete finire tutt'e due davanti al pretore? E datevi una calmata, una buona volta! Adesso tu prendi l'Ape e te ne torni a casa>>, ordinò a Michelino.

<<E tu>>, disse poi a Vincenzo, ti rimetti a zappare in santa pace e lasci che i ragazzi vengano a raccogliere il pallone senza dire né fare niente, quelle poche volte che finisce sulla tua terra. <<Ma 'gnora guardia>>, rispose Vincenzo, che nel frattempo si andava calmando.

<<Ma 'gnora guardia, non sono poche occasioni!... È quattro volto, oggi, che gettano il pallone qui e vengono a

calpestarmi tutto per riprènderselo!... >>; e così dicendo fu preso da un nuovo moto d'ira e il viso tornò a infiammarglisi. E chissà quale bestemmia avrebbe fatto seguire a quella sgammaticata e per noi esilarante frase, se Nasopizzuto non l'avesse interrotto dicendogli: <<Ma se pensi che ti possano danneggiare quello che hai piantato, il pallone glielo rilanci tu e così si aggiusta tutto. Dài, fai così, che è la cosa migliore. Fallo per me, che oggi ho chiuso un occhio sulla faccenda del pallone bucato. Allora, siamo d'accordo?>>

<<E va bene, 'gnora guardia! Ma anche loro devono fare la loro parte! Non possono pensare di fare il comodo proprio gettando i palloni sulla mia terra ore e momenti!>>

<<Anche questo è giusto>>, rispose Nasopizzuto, che rivolgendosi dalla nostra parte, disse: <<Avete sentito? D'ora in poi cercate di stare più attenti, quando giocate, ed evitate di fare tiri alti, così vedrete che non ci saranno problemi. Non fatemi tornare qui o, quant'è vera la Madonna Addolorata, la prossima volta le denunce fioccheranno! Poi staranno freschi, i vostri genitori, a venire a piangere da me e a pregarmi di non rovinarvi, perché se farò una denuncia ai carabinieri non la ritirerò, ci siamo capiti? Uomo avvertito, mezzo salvato!>>, concluse girandoci le spalle per riprendere la via del paese, e rassettandosi in testa con entrambe le mani, cammin facendo, il berretto nero con il fregio dorato e poi rificcandosi dentro i pantaloni un lembo della camicia che gli era venuto fuori nell'atto di tenere a bada Michelino e Vincenzo.

Ovviamente questa non fu l'ultimo "casus belli" tra noi e il povero Vincenzo di Pauletto.

112

IX

Diario
27/6/1969 - Sera
Oggi io, Lucio e Giampiero ci siamo sganasciati dalle
risa! Quel fifone di Ernesto è scappato a gambe levate
quando si è trovato di fronte Peppe il macellaro, che nel
fare scherzi è un vero demonio. Parola mia, non avevo
mai visto Ernesto così terrorizzato. Abbiamo saputo che
sua madre lo ha rimproverato aspramente e lo ha messo
in castigo perché si è fatto cacca e pipì addosso. Ma lui
non si è nemmeno sognato di dirle il motivo per cui ha
imbrattato mutandine e calzoncini, perché teme la
vendetta di Peppe.

Ah!-Ah!... Ernesto e la sua paura di Peppe il macellaro! E
chi se ne ricordava più? Buon Dio, quanto tempo è
trascorso, da quel giorno! Era l'inizio dell'estate e io ero
tornato in paese insieme al nonno, con il quale sarei
restato sino a fine agosto. Egli, dato che la mamma non
sarebbe potuta andare in ferie prima del dieci di quel
mese, aveva preso il treno ed era venuto a prendermi per
consentirmi di trascorrere le vacanze in un ambiente più
sereno e sano della città, come soleva ripetere. Poi,
quando la mamma ci avrebbe raggiunto, avremmo
passato assieme una quindicina di giorni alla fine dei
quali sarei tornato su con lei. Nel frattempo io avevo
modo di rivedere tanti miei amici e di vivere insieme a
loro esperienze indimenticabili.

Anche Ernesto, come me, viveva in città. Solo che quella in cui abitava lui non era lontana come la mia. Essa infatti distava dal paese poco più di quaranta chilometri. I suoi genitori vi si erano trasferiti per motivi di lavoro quando lui non aveva che pochi anni, ma non avevano venduto la casa che possedevano in paese, dove tornavano almeno una o due volte al mese. Nel periodo estivo, però, lasciavano il figlio dai nonni materni (i genitori del padre erano morti qualche anno dopo la fine della seconda guerra mondiale, a poca distanza di tempo l'uno dall'altro) e tornavano su solo per il fine settimana fino a quando non andavano in ferie anche loro e quindi trascorrevano quel periodo in paese.

Ernesto era uno spilungone magro e allampanato dai capelli rossicci a spazzola, gli occhi leggermente obliqui e allungati di colore grigio chiaro sotto delle sopracciglia giallastre e un naso aquilino e sottile che lo faceva sembrare più grande di quanto non fosse. La sua faccia pallida, qua e là cosparsa di chiazze rossastre, con zigomi sporgenti e lentigginosi e il mento appuntito sopra cui spiccava una lunga bocca dalle labbra sottili, ricordava un triangolo isoscele rovesciato e gli conferiva un'espressione volpina e furbesca, tanto che si era guadagnato il nomignolo di "Olba Roscia".[5] Tuttavia, a onta del suo aspetto e del suo soprannome, in lui traspariva un'indole insicura e timorosa. Indole che egli cercava di mascherare mostrandosi spavaldo e grintoso e soprattutto raccontandoci le mirabolanti imprese di cui si era reso protagonista insieme agli amici di città, giurando e spergiurando, di fronte alle nostre perplessità e prese in

---

[5] Olba Roscia = Volpe Rossa.

giro, che erano vere. Una volta, per dimostrare la veridicità di una pericolosa avventura vissuta con quella che definiva la sua banda, aveva esibito tutto trionfante un grosso artiglio affilato, sostenendo di averlo strappato con un morso al lupo mannaro con il quale aveva avuto uno scontro corpo a corpo durante una notte di plenilunio, nel periodo in cui era andato in campeggio con la parrocchia.

<<Ma non dire sciocchezze!>>, lo aveva apostrofato Antonio.

<<Chissà dove te lo sei procurato, quell'unghione! E poi i lupi mannari non esistono! >>

<<Ma non dirle tu, le sciocchezze! Questa è proprio l'unghia di un lupo mannaro! E se non mi credi, la prossima volta che torno in città ti porto con me e ti faccio parlare con gli amici che quella notte erano con me>>.

<<Già, come se non lo sapessi che vi siete messi d'accordo su cosa raccontare>>.

<<No, non è vero. Io non mi sono accordato con nessuno. Ti ripeto che tutto quello che ho detto è vero!>>

<<Va bene>>, era intervenuto Domenico.

<<Allora, se non hai paura di metterti alla prova, andiamo dal veterinario e facciamogli vedere questo artiglio. Lui conosce tutti gli animali e sicuramente ci saprà dire se appartiene o no a qualche bestia>>.

<<Sì, sì>>, tutti avevano detto, <<andiamo dal veterinario e così vedremo se hai ragione tu o Antonio>>.

A quella proposta Ernesto era sbiancato in volto e aveva preso a balbettare delle scuse.

<<Ma..., ma... Ma il veterinario a quest'ora non c'è, a casa. Sapete che va in giro tutto il giorno a fare visite e

che torna molto tardi. E se lo andiamo a disturbare per una sciocchezza si arrabbia di sicuro>>.

<<Oh, non preoccuparti di questo>>, aveva ribattuto Domenico.

<<Dàllo a me, l'artiglio, e dal veterinario ci andrò io; così se si arrabbierà se prenderà solo con me>>.

<<No, no>>, si era affrettato a rispondere Ernesto, portando dietro la schiena la mano che stringeva l'artiglio.

<<Quello è capace di prendertelo e di non restituirtelo più. No, no>>, aveva ripetuto indietreggiando di fronte a Domenico che lo sollecitava con la mano tesa a consegnargli il prezioso oggetto, che intanto si era precipitosamente rificcato in una tasca dei calzoncini.

<<No, non voglio rischiare di non rivederlo più. E sapete cosa vi dico?... Se volete credermi va bene, se non volete credermi, peggio per voi!>>

E così dicendo se l'era filata con la coda tra le gambe.

In seguito scoprimmo che quell'artiglio apparteneva a un orso trovato morto nel parco dove lui e i suoi compagni avevano campeggiato. A darglielo era stata una guardia forestale a cui egli l'aveva chiesto dicendo che gli serviva per una ricerca scolastica sulla fauna del parco. E, a proposito di scoperte, quell'estate venimmo a conoscenza di un altro segreto di Ernesto. Un segreto che egli fino ad allora era riuscito a custodire abilmente, sebbene alcuni di noi in passato qualcosa avessero intuito, osservando lo strano comportamento da lui assunto in determinate circostanze che prevedevano il passaggio attraverso un particolare luogo. In paese infatti c'era una piccola via, denominata forse troppo pomposamente "Corso", la quale dalla piazza conduceva verso la chiesa parrocchiale. A circa metà strada, su un suo lato, c'era la macelleria di Peppe, che per questo motivo veniva chiamato "Peppe il macellaro". Costui, ricordo, in noi ragazzi incuteva un certo timore sia per l'attività che svolgeva sia per il suo aspetto e i modi burberi conditi con parole e gesti minacciosi con cui spesso ci si rivolgeva, quando ci capitava di soffermarci schiamazzando nei pressi della macelleria.

<<Andate a fare chiasso da un'altra parte, o quant'è vero che mi chiamo Peppe il macellaro, vi acchiappo uno a uno e vi porto al mattatoio, così vi appenderò a uno degli uncini del soffitto, a testa in giù, e vi scannerò come capretti; e poi vi leverò la pelle, vi aprirò in due e vi metterò in vendita nel macello, dove nessuno vi potrà riconoscere, perché sarete tali e quali agli agnelli spaccati che vedete appesi!>>, ci gridava in quelle occasioni, uscendo in strada con quel suo camice bianco coperto qua e là da macchie e rivoli di sangue e brandendo minacciosamente un coltellaccio appuntito.

Il fuggi-fuggi, allora, era generale. Ma una volta allontanatici quel tanto che bastava per ritenerci al sicuro, e soprattutto constatato che quello non ci aveva inseguiti, limitandosi a lanciarci delle truci occhiate, i più grandi e arditi tra di noi gli dicevano che lui non avrebbe potuto farci niente, se no lo avrebbero messo in galera.

<<A sì?!...>>, rispondeva Peppe, con un'espressione enigmatica e inquietante.

<<E voi pensate che io vi prenda alla luce del giorno, davanti a dei testimoni? Poveri voi!... allora davvero non mi conoscete! No, io vi prendo quando meno ve lo aspettate. Magari di notte, mentre dormite. So come entrare a casa vostra senza che nessuno se ne accorga. E

quando penderete da un uncino del macello, spaccati in due, spellati e senza testa, mani e piedi, chi potrà dire se la carne messa in vendita è di un ragazzo o di una bestia? Vi farò vedere io di cosa sono capace, non ve ne incaricate!>>

La storia, pressappoco, si ripeteva ciclicamente, con Peppe che minacciava e noi che per qualche tempo evitavamo di farci vedere dalle sue parti o, se proprio non potevamo farne a meno, vi passavamo correndo e tenendoci a debita distanza, dopo aver dato una prudente sbirciatina attraverso la porta della macelleria, per vedere se egli era dietro il bancone di vendita o pericolosamente vicino alla strada. E non tanto per il timore di finire appesi (dentro di noi sapevamo, in fondo, che una cosa del genere non sarebbe mai potuta accadere), ma per via della paura che Peppe, sentendosi sfidato, potesse lamentarsi con i nostri genitori. E allora sì che sarebbero stati guai! Infatti tutto avrebbero tollerato, essi, fuorché l'eventualità che i propri figli potessero essere giudicati maleducati. E poi non si stancavano mai di ripeterci che i grandi, e soprattutto le persone anziane, dovevano essere rispettate e ubbidite e che i più giovani dovevano sempre tacere, di fronte a un loro rimprovero, e non rispondere a tu per tu. E se pensavamo che chi ci aveva redarguito avesse agito ingiustamente, dovevamo allontanarci e poi riferire l'accaduto a casa. Poi avrebbero valutato i nostri padri e le nostre madri se fosse il caso di intervenire in un senso o nell'altro; cioè se prendere le nostre parti o portarci, tenendoci per un orecchio, dalla persona che ci aveva ripresi ed esigere che le facessimo le scuse.

Vallo a dire alle odierne generazioni! Oggi non solo la maggior parte di bambini, ragazzi e giovani si comporta male con il prossimo, ma (e questo è l'aspetto più inquietante e inammissibile), viene difesa a spada tratta dai genitori, che spesso e volentieri sono più maleducati e immaturi della prole.

Ma andiamo avanti con i ricordi dei cosiddetti bei tempi andati. Una volta era successo che dopo l'ennesima corsa fatta per scappare il più lontano possibile da Peppe, uscito a minacciarci con un coltellaccio insanguinato, egli si era soffermato a guardarci più del solito, con un ghigno diabolico disegnato sul volto, enfatizzato da uno di quei suoi sguardi assassini che facevano rabbrividire, e da una mano dalle dita corte, tozze e pelose con cui si accarezzava il mento come se stesse facendo una stima tra sé e sé; come se, più precisamente, stesse valutando quale vittima scegliere tra noi. Poi, dopo aver riflettuto a lungo in questa posa, lanciò un'occhiata di soddisfazione e, con voce calma e perciò inquietante disse, pulendo lentamente le facce della lama del suo coltellaccio sulla manica del camice lordo di sangue raggrumato:

<<Va bene, ora so chi devo prendere! Ecco, fàmmiti guardare bene, così non sbaglierò, quando verrà il momento>>, continuò mentre fissava insistentemente lo sguardo su Ernesto, al quale cominciarono a tremare le gambe e il viso era divenuto bianco bianco.

<<Sì, sei proprio quello che fa per me. Farai davvero un figurone, quando ti appenderò e ti venderò come un agnello. Hai la corporatura giusta: snello, slanciato e con una bella carne soda e magra. Le tue costolette, cotte al forno con le patate e il rosmarino, saranno sicuramente squisite, e scommetto che la gente farà la fila per comprarle. E per di più nessuno si accorgerà della tua sparizione, perché tu non abiti in paese. E farò spargere

la voce che sei tornato a casa tua, in città. Non te ne incaricare, che sei segnato; e quando meno te lo aspetti...>>

E a questo punto alzò la testa e si passò il coltello da un lato all'altro della gola, per rendere più evidente a Ernesto quale fine lo aspettasse. Quest'ultimo, deglutendo a fatica quel po' di saliva che gli restava in bocca, ci pregò quasi piagnucolando e con le labbra scosse da un tremito convulso, di affrettarci ad andare via. E noi, che sebbene volessimo ostentare noncuranza e continuassimo a ripetergli che Peppe si era voluto divertire a mettergli addosso quel po' po' di fifa, non ce lo facemmo ripetere, perché quel demonio aveva recitato così bene la parte, da indurre un senso di timore anche nei nostri cuori.

Ebbene, da quella volta Ernesto aveva preso a evitare come la peste non solo la macelleria, ma anche tutti i luoghi in cui si trovava a passare o sostare Peppe. Ma siccome temeva di essere preso in giro da noi, che intanto avevamo bell'e dimenticato quell'episodio, e continuavamo a passare e ripassare davanti alla macelleria senza problemi, magari facendo attenzione a non comportarci in modo tale da essere rimproverati; siccome, dicevo, Ernesto non voleva far vedere che aveva ancora paura di quell'uomo, ricorreva a mille stratagemmi per togliersi d'impaccio quando si trattava di trovarsi, in un modo o nell'altro, vicino a lui. Certo, l'aspetto di Peppe il macellaro non era tale da indurre nell'animo di chi aveva preso di mira tranquillità e sicurezza. Egli mi ricordava vagamente la figura di Mister Hyde (avevo visto in TV un film tratto dal romanzo di Robert Louis Stevenson intitolato *"Lo strano caso del Dottor Jekill e di Mister*

Hyde" e ne ero restato molto impressionato). Come lui, infatti, era basso e tarchiato, scuro di pelle e con una capigliatura nera e arruffata. Aveva, poi, un viso grinzoso e quasi incartapecorito, con una fronte stretta, anch'essa solcata da profonde rughe, e con l'attaccatura dei capelli alquanto vicina a due sopracciglia scure, folte e ispide sotto cui brillavano maliziosamente degli occhietti grigio-scuri dai riflessi metallici. La bocca, leggermente protrusa, non molto larga, dalle labbra carnose e con denti candidi e affilati tra cui spiccavano i canini superiori aguzzi, era sormontata da un naso corto e bitorzoluto con ampie narici, mentre il mento era arrotondato. Le orecchie, piccole e pelose, erano molto aderenti alla testa e un po' appuntite.

Quando fissava qualcuno di noi con l'intenzione di spaventarlo, sulla sua bocca si disegnava un ghigno perfido e faunesco che faceva davvero gelare il sangue nelle vene. Quindi non c'era da meravigliarsi se un ragazzo particolarmente impressionabile se la faceva letteralmente addosso, nel trovarselo davanti in quell'atteggiamento poco rassicurante; accentuato, per di più, dalla postura del corpo, con il tronco piegato in avanti, le gambe lievemente divaricate e arcuate, le braccia quasi penzoloni e allargate e le mani pronte a ghermire. Sembrava proprio che avesse l'intenzione di acchiappare il poveraccio a cui si parava di fronte, mentre avanzava lentamente verso di lui con le movenze di un gatto che stia lì lì per saltare addosso al topo a cui ha precluso ogni via di fuga. Tuttavia, come scoprii in seguito anche grazie ai racconti delle sue imprese fattimi da mio nonno, era un grande burlone e si divertiva un mondo a fare scherzi di ogni sorta tutte le volte che ne aveva l'occasione. Una volta, quando era ancora un giovanotto, ne aveva combinato uno davvero atroce ai danni di due poveri vecchietti suoi vicini di casa. Il nonno nel raccontarmelo, pur manifestando la sua disapprovazione, non aveva potuto frenare un attacco di riso che, ricordo, gli procurò un accesso di tosse. Quel diavolo, insomma, in una rigida giornata invernale che invogliava la gente a starsene a casa, godendosi il calore del focolare, era salito sul tetto di quei cristiani, aveva gettato nella canna fumaria una bella manciata di peperoncini piccanti essiccati e poi aveva coperto la ciminiera con uno straccio per il tempo necessario a far sì che il fumo invadesse la stanza in cui c'era il camino acceso. Non passò molto tempo che quei disgraziati presi di mira furono costretti a uscire fuori precipitosamente, tossendo convulsamente e stropicciandosi gli occhi gonfi, arrossati e lacrimanti.

Il giorno in cui ci fu chiara, finalmente, la ragione per cui Ernesto evitava sistematicamente di inoltrarsi lungo quella certa via stavamo in piazza, che di solito costituiva il nostro ritrovo, e prendevamo accordi in vista dell'ennesima partita di pallone programmata la sera precedente. A quell'ora (tra le quattro e le cinque del pomeriggio) il luogo era frequentato da parecchi anziani del paese, che si godevano la frescura all'ombra del grande tiglio piantato quasi al centro di quello spazio pubblico chiacchierando e fumando chi la sigaretta, chi il sigaro, chi la pipa. Altri, invece, sedevano a due-tre tavolini della cantina lì vicino che Filippuccio il cantiniere, durante la bella stagione, metteva fuori, all'ombra del suo locale, per dar modo agli avventori di giocare a carte e consumare le loro mezzette di vino con la gassosa (intendo la gassosa di una volta, non quella che oggi viene spacciata per tale!) e qualche birra all'aria aperta. Non era raro, in quelle occasioni, che noi ragazzi venissimo incaricati da uno di costoro di andargli a prendere un pacchetto di sigarette o delle sigarette sfuse oppure un po' di tabacco chiamato "trinciato forte" insieme a una confezione di cartine da sigaretta (allora era molto diffusa l'abitudine di farsi le sigarette da sé, mettendo una presa di tabacco al centro di una di queste cartine rettangolari di colore bianco e sottili come un velo e disponendola nel senso della loro lunghezza. Il tutto, poi, veniva arrotolato tra pollice e indice e incollato passando la punta della lingua sul lembo inferiore della cartina che andava a sovrapporsi al cilindretto così ottenuto).

Ora quel pomeriggio "Naso-a-porcello".... Ah! Ah!... Naso-a-porcello! Ma tu guarda!... E chi ci pensava più, a Naso-a-porcello?!... Naso-a-porcello! Sì, sì, ora lo rivedo tale e quale con gli occhi della mente. È incredibile constatare quante persone, situazioni e particolarità possono riemergere dalle brume del tempo per semplice associazione di idee! Ricordi che se anche ci sforziamo con tutti noi stessi di riportare a galla non appaiono mai nitidi e integri come desidereremmo e ci lasciano dentro un senso di inappagamento. E che invece, quando meno ce lo aspettiamo, riaffiorano in tutta la loro freschezza e completezza. Ora più che mai capisco alla perfezione quella teoria di Marcel Proust intorno alla memoria volontaria e a quella involontaria, che ai tempi in cui ero studente faticavo a comprendere compiutamente, provocando il disappunto della nostra professoressa di Lettere; la quale si era sgolata a furia di spiegarci e rispiegarci come, nel protagonista narrante del romanzo "*Dalla parte di Swann*", la memoria involontaria si attivasse dal momento in cui egli aveva imbevuto nel tè una "madeleine", celebre biscotto francese.

Guarda un po' chi mi è tornato in mente: Naso-a-porcello! Così io e i miei amici del paese avevamo soprannominato Angiolino di Dragone (Dragone era la contrada di campagna in cui abitava), un uomo sulla quarantina basso e corpulento, con la parte posteriore del corto e tozzo collo setolosa e un faccione rubicondo nel quale spiccava un largo naso schiacciato dalle narici rivolte all'insù simile al grugno di un maiale. E di un maiale aveva anche la voce, quando facevamo in modo che si arrabbiasse e ci strillasse contro i suoi improperi. E per ottenere un tale risultato, che ci divertiva da morire, ce la prendevamo con la sua motocicletta parcheggiata in un angolo della piazza, non distante dalla cantina di Filippuccio, dove soleva trascorrere il tempo a giocare e chiacchierare tutte le volte che veniva in paese (solitamente il sabato e la domenica, oltre che negli altri giorni festivi). Allora gli facevamo la posta e, quando eravamo sicuri che non potesse vederci, uno o due di noi estratti a sorte si avvicinava alla sua "Ducati" rossa e premeva il pulsantino nero posto sul manubrio, facendo così suonare il clacson per alcuni secondi e poi dandosela a gambe e raggiungerci nell'angolo in cui ci eravamo nascosti per goderci lo spettacolo di Naso-a-porcello infuriato che inveiva contro chi si divertiva alle sue spalle con un viso più rosso del normale e quella voce di maiale scannato che ci faceva ridere fino a toglierci il fiato. E il bello era che la scena si ripeteva più volte, fino a quando non vedevamo comparire in piazza la nera figura di

Nasopizzuto, che cominciava ad aggirarsi tra angoli, viuzze e vicoli sparsi tutt'intorno con il suo sguardo cattivo e indagatore e le adunche dita delle mani aggrappate alla cinghia dei pantaloni, come se si apprestasse a sfilarsela da un momento all'altro. Allora capivamo che il divertimento era finito e quatti quatti ci allontanavamo da quel luogo divenuto pericoloso, facendo anche in modo di separarci e di tornare a riunirci in qualche altro posto solo dopo aver seguito vie differenti. Nessuno, neanche Nasopizzuto, qualora si fosse imbattuto in qualcuno di noi, avrebbe potuto accusarci di aver commesso alcunché in piazza. Ma la guardia non era tipo da lasciarsi trarre in inganno e in diverse occasioni in cui aveva incontrato uno o due del gruppo rapidamente dissoltosi dopo la solita marachella della moto di Naso-a-porcello, gli aveva fatto uno dei suoi soliti discorsetti.

<<Sì, sì, fate pure i furbi, fate pure finta di niente, ma io so benissimo che siete stati voi e, quant'è vera la Madonna Addolorata, prima o poi vi coglierò sul fatto. E allora vi leverò la pelle a cinghiate, a voi e agli altri; non ve ne incaricate!>>

Queste, pressappoco, erano le frasi che a turno ognuno di noi si sentiva ripetere, nel corso di quei malaugurati incontri.

Ma tornando a quel pomeriggio in cui scoprimmo perché Ernesto evitava di percorrere la strada denominata Corso, stavamo in piazza e Naso-a-porcello aveva chiesto a Ernesto di andargli a prendere da fumare allo spaccio (così veniva chiamata la tabaccheria del paese, poiché vi si vendeva un po' di tutto), che guarda caso si trovava alla fine di quella particolare via. Ernesto, a dire il vero, era restato interdetto, da una simile richiesta. Ciò perché sicuramente aveva pensato che per recarsi allo spaccio doveva inoltrarsi lungo il Corso e percorrerlo sino in fondo. D'altra parte non poteva rispondere con un no, perché allora una richiesta fatta da un adulto a un ragazzo era considerata quasi sacra. Sarebbe stato indice di maleducazione rifiutarsi di fare un favore a una persona più grande. E poi, di solito non ci si rimetteva mai a eseguire una di tali semplici commissioni. Infatti si veniva ricompensati con una monetina con cui era possibile acquistare qualche caramella o una bustina di figurine di calciatori; e in certi casi anche un ghiacciolo o addirittura un "Pinguino", come veniva chiamato quel tipo di gelato fatto di panna ricoperta da un fine strato di cioccolato che proprio per questo ricordava i simpatici uccelli antartici. Comunque, dopo aver esitato un po', Ernesto prese in mano i soldi che nel frattempo Naso-a-porcello gli aveva porto e si avviò, dopo averci chiesto di attenderlo.

<<Aspetta>>, gli dicemmo allora io, Lucio e Giampiero. <<Aspetta, che veniamo anche noi, così poi raggiungeremo insieme gli altri che stanno andando al campo sportivo>>.

<<Va bene, andiamo allo spaccio insieme, allora>>, ci rispose Ernesto tutto contento. Ma invece di imboccare il Corso, lo vedemmo inoltrarsi, con nostra grande meraviglia, lungo la scalinata che dalla piazza conduceva nel cuore del paese.

<<Ehi, dove stai andando, ora?>>, gli chiese Lucio. <<Lo spaccio è da quella parte>>.

<<Sì, lo so. Ma si può passare anche di qua, come sai bene>>.

<<Certo che si può passare anche di qua>>, rispose Giampiero, <<ma si allunga anche di molto, così. Insomma, non è molto sensato fare più strada, quando abbiamo lo spaccio a portata di mano. Dài, vieni con noi e lascia stare le scale>>.

<<Ma io voglio passare di qua>>.

<<Ma perché, santa pazienza?>>

<<Perché…, perché voglio vedere quanto tempo ci metto ad arrivare, rispetto alla strada normale. Mi è venuta questa curiosità. E poi non mi piace camminare sempre per le stesse vie. Ogni tanto è bello cambiare. Dài, seguitemi e prendete il tempo con i vostri orologi>>.

<<Ma di che orologi vai parlando, che nessuno di noi ce ne ha uno?>>, disse Lucio.

<<Mica qui siamo come voialtri di città, che hanno bisogno di gingilli simili, per sapere (e per che farci, poi?) che ora è?>>

<<Va bene, allora vorrà dire che il tempo lo controllerò io>>, rispose Ernesto, fermandosi un istante per osservare con sussiego il quadrante del suo bell'orologio da polso di cui andava orgogliosissimo, perché lo faceva sentire grande. Noi a quel gesto ci scambiammo un significativo sguardo d'intesa e reprimemmo a fatica un moto di riso; sia perché Ernesto, quando si atteggiava a persona adulta e importante, risultava veramente comico, sia perché non eravamo molto convinti della spiegazione che ci aveva dato e sempre più, nella nostra mente, andava facendosi strada l'idea che il motivo di quel suo particolare comportamento fosse di natura ben diversa da quella che voleva farci credere. Tuttavia, vedendolo già a metà scalinata decidemmo, seppur controvoglia, di accontentare il suo bizzarro desiderio. Gli andammo

dietro, quindi, lungo tutto quel tratto in salita in cui si alternavano scalinate e viuzze fino al pianetto (così si chiamavano i piccoli spiazzi presenti all'interno del paese), dopo il quale se si girava a sinistra si risalivano due gradinate alla cui fine si arrivava al Castello che sormontava il paese, se si continuava dritto si discendeva per un'altra serie di scalinate che conducevano alla chiesa parrocchiale e di qui, scendendo ancora, andava a ricongiungersi con la parte terminale del Corso che partiva dalla piazza. Il quale Corso in questo punto si diramava a ipsilon: un braccio proseguiva dritto in discesa e conduceva, attraverso ulteriori scalinate e pianetti, a una delle entrate del paese, lungo la provinciale; il braccio di sinistra, invece, risaliva fino al Castello passando di fronte alla facciata della chiesa parrocchiale. Ora, proprio nel punto in cui il Corso si biforcava, tra le due viuzze veniva a formarsi uno stretto e lungo spiazzo triangolare in fondo alla cui base si ergeva, imponente, un lato dell'edificio che nella parte superiore ospitava il Municipio e in quella inferiore, a sinistra, lo spaccio. Dall'entrata dello spaccio, e ancora di più dall'imbocco dello spiazzo triangolare su cui esso era situato, era possibile vedere un tratto del Corso che conduceva fino alla piazza, in quanto la via, prima di piegare leggermente a destra, procedeva in maniera rettilinea. La macelleria di Peppe stava proprio nel punto in cui finiva il tratto rettilineo, e dal luogo in cui si trovava lo spaccio non era difficile osservare la parte prospiciente all'entrata, mentre quest'ultima, essendo posta sul lato destro, rimaneva nascosta. Ora Ernesto, appena arrivammo all'imbocco dello spiazzo che bisognava percorrere per entrare nello spaccio, si arrestò;

quindi, con fare estremamente circospetto, ci fece segno di fare silenzio e, spostatosi sulla sinistra, in prossimità della via che dal Corso proseguiva in discesa, tenendosi su un solo piede e sbilanciandosi in avanti allungò il collo come una giraffa, dando ansiosamente una rapida sbirciata in direzione della macelleria.

<<Ma che fai?!...>>, gli chiedemmo fermandoci a nostra volta, interdetti dal suo comportamento.

<<Ssst!...>>, ci rispose lui, con un moto di stizza e agitando freneticamente verso di noi su e giù una mano per imporci il silenzio. Poi finalmente si girò indietro e, passandoci davanti, si diresse a passi rapidi verso lo spaccio.

<<Forza, muovetevi!>>, ci disse, voltandosi nuovamente a guardare in direzione del Corso e varcando con un balzo la soglia del locale come una lepre impaurita che si rifugia nella tana. E per tutto il tempo che rimanemmo lì dentro, non smise mai di lanciare furtivi sguardi verso la porta aperta, da cui si intravedeva il tratto di via che tanto sembrava preoccuparlo; al punto tale che Giovannina, la simpatica vecchietta che gestiva il locale, dovette chiedergli più volte di cosa avesse bisogno.

<<Figlio mio, se ogni volta che cominci a parlare ti fermi e non mi ripeti una per una le cose che ti devo dare, qui facciamo notte. Lo sai che non ci sento più come una volta e che ho bisogno di un po' di tempo, per capire bene quello che mi dicono. Allora avvicinati e dimmi -ma guardami, eh!?... non ti voltare da un'altra parte-; dimmi forte e chiaro cosa ti serve>>, gli disse sorridendo bonariamente Giovannina, mettendogli una mano sulla spalla e costringendolo a fissare lo sguardo su di lei. Sì, costringendolo, perché bisogna dire che, pur avendo la

sua età, vicina forse alla ottantina, non era certo priva di energia. E anche se l'ho definita vecchietta aveva una corporatura tutt'altro che gracile e minuta. Era, invece, un donnone che in gioventù doveva essere stata ancora più imponente ed energica di come appariva in vecchiaia. Sotto i capelli lenti, lucidi e biancastri solcati da striature giallognole, tirati all'indietro e raccolti in una grande crocchia, si apriva un faccione lungo e squadrato dai forti lineamenti messi in risalto da due vivaci occhi di color grigio-verde, un naso dritto quasi alla greca e una bocca larga con labbra sottili simile a un taglio.

<<Ah, sì, sì. Allora..., ha detto Angiolino di Dragone se mi puoi dare...>>; e tentò di guardare ancora attraverso l'entrata, ma Giovannina stavolta lo bloccò con entrambe le mani e, sempre sorridendo, ripeté: <<Se ti posso dare?... dimmi bene cosa ti devo dare e lascia stare la porta, benedetto ragazzo, che ad andare a giocare fuori c'è sempre tempo. Ah, beata gioventù, che sta sempre con la testa tra le nuvole e non pensa ad altro che a giocare. Allora, ripetimi bene che vuole Angiolino>>.

<<Certo, certo!... Allora, ha detto Angiolino di Dragone che mi devi dare ce-... cento grammi di trinciato forte, u-... una bustina di cartine e un pacchetto di fulminanti>> (così in paese si era soliti chiamare i fiammiferi).

<<Ah, ora sì che ci capiamo. Allora, vediamo se ho sentito bene: cento grammi di trinciato forte, una busta di cartine e un pacchetto di fulminanti; dico bene? E non stare sempre a voltarti! Dico bene, dunque?>>

<<Sì>>.

<<Va bene. Ora ti prendo tutto e poi facciamo i conti alla femminina, come sono abituata a fare io, per non sbagliarmi>>.

I conti "alla femminina" per Giovannina consistevano nel ripetere via via il prodotto venduto al cliente con il relativo importo e fare progressivamente la somma mentalmente fino a ottenere la cifra totale da pagare. Questo suo modo di procedere si rivelava utile ed efficace soprattutto quando si trattava di dare il resto, che era sempre preciso al centesimo. Ma allo stesso tempo risultava anche lento; in maniera particolare quando gli articoli acquistati erano molti. Si può immaginare, quindi, come fremesse d'impazienza Ernesto, il quale sembrava che non vedesse l'ora di andare via, nonostante l'esiguità della spesa commissionatagli. Ma alla fine, come Dio volle, potemmo lasciare lo spaccio e avviarci verso la piazza, per riportare a Naso-a-porcello quello che aveva chiesto. E fu allora che Giampiero, rivolgendoci un furbo sguardo d'intesa, si mise davanti a tutti e imboccò come se niente fosse il Corso.

<<Dài, andiamo, che abbiamo impiegato molto più tempo del normale>>, ci disse.

Ma mentre noi lo seguimmo senza esitare, Ernesto si fermò e, chiedendoci: <<Ehi, ma dove andate?>>, girò perentoriamente a destra, dove iniziava la salita che ci avrebbe ricondotti in piazza seguendo a ritroso il percorso fatto poc'anzi.

<<Come dove andiamo?!...>>, ribatté Giampiero meravigliato.

<<Dove stai andando tu, piuttosto>>.

<<Sto rifacendo la strada di prima, non lo vedi?>>

<<Ma per quale motivo, visto che passando di qua arriviamo in un baleno?>>, chiese Giampiero.

<<Non hai preso il tempo, con quel tuo gingillo che porti al polso? Quindi ora che sai quanto si impiega dalla

piazza allo spaccio passando dalla strada che hai voluto fare, che bisogno c'è di rifare lo stesso percorso?>>

<<Ma io…, veramente…, cioè…>>

<<Cioè?>>

<<Ecco…, io…, io…, mi sono dimenticato di controllare l'orologio, quando siamo arrivati. Perciò ora ho bisogno di rifare tutto da capo>>.

<<Ma smettila con queste scuse e di', piuttosto, che non vuoi prendere questa strada perché hai paura di passare davanti alla macelleria di Peppe; perché al solo pensiero di farti vedere da lui te la fai addosso, altro che le sciocchezze che vuoi farci credere>>.

<<Ma che stai dicendo?... Non è vero! Sei un bugiardo!>>

<<Ah, sì? E allora dimostralo: vieni con noi, se non è vero che hai paura di Peppe>>.

<<Io non ho paura di nessuno, io!>>

<<E allora vieni, seguici!>>

<<No, ho detto che voglio vedere quanto tempo ci si mette, passando per un'altra parte, e se non volete venire con me vorrà dire che andrò da solo>>.

E così dicendo cominciò a risalire la strada che aveva imboccato. Noi ci guardammo per un po' e poi, con un moto delle braccia che esprimeva rassegnazione, decidemmo di andargli dietro. Ma Giampiero continuò a punzecchiarlo per tutto il percorso, fino a quando, superato nuovamente il pianetto sotto il Castello e accingendoci a ridiscendere fino alla piazza, Ernesto, esasperato, si girò con la faccia infuocata dalla collera e disse:

<<Bugiardo, bugiardo! Io non ho paura di nessuno e men che meno di Peppe! Non ho avuto paura di affrontare un

lupo mannaro, al campeggio, figuriamoci se ho paura di uno come quello! Ma vai a farti friggere! E andate a farvi friggere tutti quanti, andate!>>, concluse riprendendo a scendere le scale e facendoci un gestaccio con la mano.

<<Ecco Peppe, ecco Peppe, là, davanti a te!>>, gli gridò sghignazzando Lucio.

Ma quello, tornando a fare il gestaccio di prima e continuando a camminare speditamente, ribatté:

<<Oh, che paura!... me la sto facendo addosso, sapete? Ho tanta di quella fifa addosso, che appena me lo troverò davanti, gli farò un bel pernacchione sul muso uguale a quello che adesso faccio a voi, cretini!>>

E così dicendo si girò e si accinse a spernacchiarci. Ma proprio in quell'istante, all'imbocco della svolta che la strada faceva prima di arrivare alla gradinata che immetteva nella piazza, improvvisa come l'apparizione di un fantasma, si materializzò la figura di Peppe il macellaro. Noi cercammo disperatamente di avvertire Ernesto, prima che gli finisse addosso; però quello, credendo che lo stessimo prendendo in giro, non se ne diede per inteso ed emessa una lunga e vibrante pernacchia al nostro indirizzo tornò a guardare davanti a sé. riprendendo baldanzosamente la sua discesa verso la piazza. Ma quando si vide la strada sbarrata da Peppe, che si ergeva a meno di un metro da lui, vestito con il suo camice insanguinato e sogghignante come un mostro assetato di carne umana; quando si trovò quasi faccia a faccia con quello lì, Ernesto si arrestò di botto e per qualche istante rimase letteralmente impietrito e incapace di proferir parola. Allora Peppe, con una smorfia grottesca della bocca che accentuò le pieghe che dalle guance gli arrivavano fin quasi alle orecchie, mettendo allo stesso tempo in evidenza la dentatura in cui spiccavano i canini appuntiti, piegò il busto in avanti e divaricò le gambe come se si stesse accingendo a fare un balzo. Tra le mani, intanto, balenò sinistramente il luccichìo di uno di quei coltellacci appuntiti di cui i macellai si servono per scannare gli animali. Egli ne affilava lentamente la lama contro un acciaino con moto alternato dall'alto in basso e dal basso in alto, ora passando una faccia ora l'altra.

<<Ah, ci sei capitato, alla fine!>>, proruppe quasi in un soffio, fissando uno sguardo di perfida soddisfazione sull'inebetito Ernesto e dondolandosi mollemente sulle gambe arcuate, nell'atto di avanzare per ghermirlo. Beh, fu un attimo! Non riuscirei a dire se quanto vedemmo quel giorno fosse reale o solo il frutto della nostra percezione alterata, però una cosa è certa, e cioè che i capelli di Ernesto, i quali già di per sé potevano definirsi ispidi, per via della pettinatura a spazzola, parvero drizzarsi come gli aculei di un porcospino minacciato. Passato il primo attimo di sorpresa e sbigottimento, il nostro amico si riscosse, lanciò un urlo strozzato di terrore, lasciò cadere per terra tabacco, cartine, fulminanti e soldi di resto, piroettò su se stesso e con un prodigioso slancio degno di un olimpionico del salto in lungo ci raggiunse e poi superò alla velocità della luce, dileguandosi tra le viuzze del paese strillando e piangendo ignominiosamente.

Non facemmo in tempo a riprenderci da un tale spettacolo che fummo colpiti da una sguaiata e interminabile risata. Era Peppe il macellaro che si stava letteralmente scompisciando dalle risa, tenendosi la pancia e contorcendosi a più non posso. Rideva così di gusto, che finì per contagiare anche noi. Restammo così, a ridere e ad asciugarci gli occhi lacrimanti per un bel pezzo. Poi, una volta ricompostici, Peppe, che a sua volta aveva ripreso il suo abituale contegno, ci disse:

<<Certo che il vostro amico s'è presa proprio una bella strizza, eh? Scommetto che se l'è fatta addosso!>>

Poi, chinandosi a terra per raccogliere i suoi attrezzi, vide sparpagliati qua e là tabacco, cartine, fulminanti e spiccioli e guardandoci con un viso severo chiese:

<<Ehi, ragazzi, non mi dite che questa è roba vostra, se no…>>, e qui tese verso di noi il braccio, agitando più volte in su e in giù la mano messa di taglio, come se volesse affettare l'aria.

<<Guai a voi se vengo a sapere che fumate, eh!?... Lo vado a dire subito ai vostri genitori. Il vizio del fumo è una brutta bestia, sapete? E se è una brutta bestia per i grandi, figuratevi per voi!>>

Allora gli spiegammo che quella era roba di Naso-a-porcello e che stavamo andando a riportargliela.

<<Quand'è così non c'è problema>>, disse lui, che intanto aveva raccattato ogni cosa e se l'era infilata in una tasca dei pantaloni.

<<Visto che per tornare alla macelleria devo passare davanti alla cantina di Filippuccio, ci penserò io a dare ad Angiolino di Dragone la sua roba; voi andate a giocare, ché questo è il vostro mestiere. Andate, andate a divertirvi>>.

Ciò detto tirò fuori dalla tasca il pacchetto di cartine e quello di trinciato forte che vi aveva appena riposto, sfilò una cartina, vi mise sopra una striscia di tabacco e si arrotolò una bella sigaretta, se la infilò tra le grosse labbra e l'accese con uno dei fulminanti raccolti, aspirando con evidente soddisfazione una lunga boccata. Quindi ci girò le spalle e si avviò caracollando verso la piazza con i suoi arnesi del mestiere sottobraccio, lasciandosi dietro una densa scia di fumo azzurrognolo.

Ernesto lo ritrovammo, tremante e con la faccia bianca come un cencio, dopo aver percorso a ritroso la via lungo la quale ci eravamo inoltrati e poi scendendo fino al punto in cui si sbucava sulla provinciale. Si era nascosto in un anfratto sotto la strada ricoperto da una folta vegetazione che spesso usavamo come rifugio e non voleva saperne di tornare in paese, nonostante gli avessimo spiegato e rispiegato che Peppe il macellaro aveva voluto solamente scherzare e non ci aveva fatto niente. Ma lui continuava a sostenere che non era vero e che noi ci eravamo messi d'accordo con quell'assassino. Solo quando cominciò a calare la sera riuscimmo a convincerlo a uscire da lì e a mettersi in cammino con noi verso il paese. Però volle che percorressimo la provinciale, che arrivava in un punto del paese diametralmente opposto al luogo in cui era situata la macelleria di Peppe. L'argomento che più lo persuase fu il pensiero che la madre, a quell'ora, sarebbe sicuramente andata in cerca di lui, e allora sarebbero state sberle. Sberle che tuttavia non poterono essere evitate, viste le condizioni in cui Ernesto si ripresentò a casa: con i calzoncini laceri e imbrattati di una certa sostanza ambrata che gli era colata anche lungo le gambe, sporcandolo fino ai calzini e alle scarpe.

Solo in seguito venimmo a sapere che Naso-a-porcello e Peppe il macellaro si erano messi d'accordo per far prendere quel po' po' di spavento a Ernesto. Infatti Naso-a-porcello, per vendicarsi delle molte volte in cui Ernesto era andato a suonare il clacson della sua motocicletta, aveva tenuto volentieri il sacco a Peppe, a sua volta desideroso di dare una lezione a quell'insolente che gli rispondeva sempre e gli lanciava smorfie -stando ovviamente a debita distanza-, e così lo aveva mandato allo spaccio, per costringerlo a passare davanti alla macelleria di Peppe. Ma poi Ernesto aveva preso un'altra strada e così Peppe, fatto avvertire da Naso-a-porcello, prevedendo che anche al ritorno avrebbe percorso la medesima via, aveva avuto tutto il tempo di preparare il suo agguato.

Ma Ernesto non accettò mai questa spiegazione e, convinto che l'avesse messa in giro Peppe per farlo tranquillizzare e poi catturarlo e portarlo al mattatoio, non solo continuò ostinatamente a evitare la strada chiamata Corso, ma prese anche a tenersi lontano da quella lungo la quale aveva rischiato di fare, secondo lui, una brutta fine.

X

Quanto a scherzi però, ora che ci penso, Peppe non era il solo a farli. Eh, ce n'erano di buontemponi in paese! Persone che se la godevano un mondo a prendere di mira soprattutto noi ragazzi, in quanto più di chiunque altro eravamo vulnerabili, data la nostra ingenuità e creduloneria. Uno di questi era Albertuccio, che aveva una straordinaria abilità nello spacciare per vere le più grandi assurdità, perché pur sparandole grosse sapeva assumere un'espressione così seria e convinta da riuscire a confondere le idee delle sue povere vittime e da instillare nei loro animi una buona dose di timore. Era un maestro, per esempio, nel fingere sorpresa e preoccupazione, quando con aria circospetta si avvicinava ai ragazzi più piccoli e sussurrava loro, come per non essere udito da altri:

<<Ah, allora sei tu quello che ha incendiato la fontana della piazza e poi l'ha spenta buttandoci sopra la benzina!... Scappa, figlio mio, scappa subito a casa, che stanno arrivando i carabinieri!>>

E quando l'interpellato, tra l'incredulo e lo spaventato, rispondeva: <<Ma io non ho fatto niente! In piazza non ci sono nemmeno passato!>>, egli riprendeva:

<<Eppure tutti dicono che sei stato tu. Ti hanno visto bene e lo hanno detto alla guardia, che è andata in Comune per chiamare i carabinieri. Scappa a casa, corri, che se ti prendono ti portano in carcere>>.

E quello, tutto impaurito, se la dava a gambe tra le risa generali. E quando andava a casa e raccontava quello che gli aveva detto Albertuccio, i genitori ridendo gli dicevano che quello aveva voluto prenderlo in giro, perché non s'era mai vista una fontana che prendeva fuoco; e per di più che per spegnere un incendio non si sarebbe mai e poi mai usata la benzina, a meno che non si fosse matti.

Un altro cavallo di battaglia di Albertuccio erano le scarpe di bestia morta. Ogni volta che vedeva un bambino con le scarpe nuove, infatti, gli diceva:

<<Ma che razza di scarpe ti hanno comprato i tuoi genitori? Non vedi che sono fatti con pelle di bestia morta? >>

E così dicendo faceva una smorfia di disgusto e indietreggiava di qualche passo, tappandosi il naso e la bocca con una mano e girando la testa di lato.

<<Via, via di qua, con quelle scarpe di bestia morta!>>

E allora il bambino cominciava a piangere e a strillare dicendo che lui non voleva scarpe di bestia morta.

<<Ma ragiona un po'>>, gli dicevano allora i genitori ridendo: <<da quando in qua le scarpe si fanno con le bestie vive? È normale che la pelle per confezionarle appartenga ad animali uccisi, altrimenti come si fa a togliere la pelle a una bestia, sciocccone?>>

Una volta Raffaele si prese una bella sgridata da sua madre perché tornò a casa con i pantaloncini nuovi inzuppati d'acqua sul davanti. Aveva dato retta ad Albertuccio che lo aveva mandato a fare una commissione urgente. <<Senti>>, gli aveva detto, <<mi fai un favore, che poi ti dò i soldi per comprarti il gelato? Vai in piazza e prendimi una saccoccia d'acqua alla fontana, che io non posso muovermi di qui. Ma mi

raccomando: che sia bella fresca, bada. Poi, quando torni ti dò i soldi e così ti ci compri un bel gelato!>>
Ma la sua burla più famosa Albertuccio la giocò a Dolly. Ah!-Ah! Dolly! Ecco un altro protagonista di quei lontani giorni che si riaffaccia a tutto tondo nella mia memoria! Dico un altro perché, a dispetto del nome, anzi del soprannome, non si tratta di una ragazza. Dolly, infatti, era un ragazzo di qualche anno più grande di me. Ed era stato soprannominato così dai suoi coetanei perché faceva il chierichetto. E il fatto che facesse il chierichetto aveva fornito a chi lo aveva ribattezzato in tal modo le sue brave giustificazioni, le quali in sostanza erano due. La prima consisteva nel fatto che il parroco del paese si chiamava Don Lino; la seconda nel fatto che Franco (questo era il nome di battesimo di Dolly) per fare il chierichetto doveva indossare la tonaca. Ora, riguardo al nome del prete, esso nella bocca della gente, che per lo più si esprimeva in dialetto, si trasformava in Dollìno; e per di più, quando qualcuno chiamava Don Lino o gli rivolgeva semplicemente il saluto, Dollino diventava Dollì. Per esempio, se qualcuno lo avesse chiamato o salutato esprimendosi in italiano, avrebbe detto: <<Ehi, Don Lino!>>, oppure: <<Buongiorno, Don Lino>>.
Ma siccome nel dialetto del paese il complemento di vocazione (poiché di questo si tratta) produce un troncamento del nome, era comune sentir dire: <<Ehi, Dollì>> o: <<Buongiorno, Dollì>>. Il passaggio da Dollì a Dolli e poi a Dolly, con la ipsilon finale, si ebbe a causa del fatto che Franco, quando svolgeva il servizio di chierichetto, indossava un camice bianco con la base decorata da una larga striscia merlettata che, con i suoi fronzoli, arrivava quasi a lambirgli le scarpe e che a ogni

movimento ondeggiava e oscillava come una gonna. Ora, siccome a qualche ragazzo dei più grandi era capitato di vedere dei film americani, e che proprio in uno di questi c'era una donna di nome Dolly, il soprannome di Franco fu bell'e confezionato. C'è da aggiungere, poi, che il poverino aveva due occhioni lucenti e sgranati come quelli di una bambola; e che delle bambole egli aveva la tipica espressione di bambina sbigottita. Di conseguenza anche questo particolare contribuiva a dipingerlo, nella nostra fantasia, come una bamboletta. Il fatto che bambola in inglese si traduca dolly, invece, non fu sicuramente preso, all'epoca, in considerazione; anche perché nessuno conosceva la lingua inglese né la studiava a scuola, dove come lingua straniera veniva insegnato il francese, per lo più.

Come si arrabbiava, quando si sentiva chiamare Dolly! Era capace di inseguire il malcapitato che lo aveva apostrofato in tal modo fino all'estenuazione e poi, acciuffatolo, di riempirlo di schiaffi. Ma ciò accadeva solo nelle rare occasioni in cui a prenderlo in giro era uno più piccolo di lui e perciò gli era agevole farsi le sue ragioni. Se invece erano i ragazzi più grandi a sfotterlo, magari facendo anche qualche moina, per rincarare la dose, gli toccava starsene buono e accontentarsi di fare qualche mugugno tra sé e sé, altrimenti era la volta buona che rimanesse cornuto e mazziato, come si suol dire. Pochi erano coloro che si azzardavano a tener testa ai più grandi; e quando lo facevano pagavano immancabilmente il fio di tanto ardire. Nella migliore delle ipotesi, il disgraziato che cadeva nelle loro grinfie prima era punito con un'energica tirata di orecchie e uno scappellotto, poi veniva costretto a terra a pancia in su e con le braccia allargate, sopra le quali il suo aguzzino, che nel frattempo gli era montato sopra, premeva i propri ginocchi impedendogli di proteggersi il volto con le mani. A quel punto il persecutore, afferrandogli entrambe le orecchie e fissandolo minacciosamente, gli ordinava:

<<Ora chiedi perdono! Chiedi perdono, se vuoi che ti lasci andare sano e salvo>>. L'altro, allora, non avendo alcuna via di scampo, rispondeva suo malgrado: <<Perdono!>> e a quel punto si sentiva dire: <<Bacia il culo al montone!>>, quindi veniva lasciato andare tra gli sghignazzi dei presenti.

Ma a volte capitava che chi era stato invitato a fare un tale servizio al montone, una volta allontanatosi a una distanza che lo metteva al sicuro dalla vendetta del suo più potente avversario, con rinnovato ardimento gli rispondesse scappando: <<Bacialo tu, che io non sono buono!>> E quel "non sono buono" equivaleva a "non sono capace" (per comprendere il succo di questo strambo botta e risposta, bisogna sapere che nel dialetto del paese "perdono", "montone" e "buono" rimano tra loro).

Allora riprendeva l'inseguimento e se l'ardimentoso veniva riacciuffato non solo si prendeva una robusta razione di schiaffi e pedate nel fondoschiena, ma veniva nuovamente sottoposto al trattamento cui si era ribellato. E se riusciva a svignarsela doveva vivere nell'incubo che prima o poi l'avrebbe pagata. E così avveniva puntualmente.

Franco aveva subito più di una volta una simile onta, e quindi si guardava bene dal ribattere, quando a chiamarlo Dolly era uno più grande di lui. E noi, naturalmente, evitavamo di provocarlo apertamente e ci limitavamo a ridere del suo soprannome tra di noi. Tuttavia non riuscivamo a trattenere le risate quando il poveretto si trovava a fare i conti con sua madre. E sì, perché la scena a cui assistevamo ogni volta che nel bel mezzo dei nostri giochi si presentava la madre di Franco era davvero esilarante. Non appena egli la vedeva comparire cominciava subito a protestare e ad allontanarsi da lei.

<<No, no, non voglio tornare a casa! Non voglio interrompere adesso!... Non è giusto! È ancora presto e io non ho finito! Sempre così, sempre così!... gli altri non li viene a chiamare nessuno e io devo sempre tornare a casa nel bel mezzo del gioco!... Non è giusto, non voglio andar via da qui!>>

<<Ma che dici, sciocchino?!...>>, gli rispondeva lei tutta mielata e sorridente.

<<Non sono mica venuta a riprenderti?!...>>

<<E allora che sei venuta a fare? No, non ti credo, non ti credo!>>

<<Sono venuta per dirti una cosa. Mi dovresti fare una faccenda; ma dopo, quando avrai finito di giocare. Vieni, vieni qui, che ti dò i soldi e ti dico che cosa mi devi comprare, prima di tornare a casa>>.

<<No, no, da te non ci vengo, perché tu mi vuoi picchiare e farmi tornare a casa!>>

<<Ma quando mai?!... Vieni qui, che ti devo dire quello che mi devi fare>>, replicava la madre. <<O preferisci che venga io da te?>> E così dicendo accennava a fare qualche passo verso Franco, che immediatamente faceva altrettanti passi indietro, guardingo e pronto a fuggire via come un'antilope di fronte a un leone affamato che l'abbia puntata e aspetti il momento propizio per balzarle addosso.

<<Vieni, vieni, che non ti faccio niente. Devo dirti solo una cosa>>.

<<No, no, sei una brutta bugiarda. Cos'hai dietro la schiena?>>

<<Ma cosa vuoi che abbia, figlio mio… niente, non ho niente>>.

<<E allora perché tieni le mani nascoste dietro la schiena? Se non porti niente avanti, fammi vedere le mani!>>

La madre di Franco, in quelle occasioni, si presentava sempre con le mani incrociate dietro la schiena, vestita nel suo abito scuro e lungo ricoperto, sul davanti, dall'inseparabile grembiule con cui le massaie del paese, allora, solevano cingersi la vita. Franco, nel corso di queste discussioni con lei, a un certo punto finiva, immancabilmente, per chinarsi fino a terra e scrutare attentamente, con la testa piegata da un lato, la parte posteriore della falda della gonna di sua madre che si intravedeva nello spazio risultante tra una gamba e l'altra. In tal modo riusciva a scorgere la punta della verga che quella teneva stretta tra le mani.

<<Dài, vieni qui, che non ti faccio niente. Non porto niente con me, non preoccuparti>>.

<<No, no, sei una bugiarda! Sei una brutta bugiarda!... L'ho visto che porti la bacchetta… l'ho visto!>> E così dicendo scappava via come una lepre. A quel punto la madre, vistasi scoperta, abbandonava l'espressione bonaria e mielata e nel suo viso pervaso dal colore della fiamma si disegnava una grottesca maschera dai tratti luciferini. Contemporaneamente si slanciava dietro il fuggiasco e, constatato che non avrebbe mai e poi mai potuto piantargli le grinfie addosso, prendeva ad

144

apostrofarlo con tutte le espressioni e gli epiteti possibili e immaginabili e a lanciargli dietro qualsiasi oggetto le capitasse di raccattare nel corso dell'inseguimento. <<Disgraziato!... Delinquente!... Farabutto!... Ma dove vuoi andare?!..., prima o poi dovrai tornare a casa, e allora…, allora, quant'è vera la Madonna, ti accomodo per le feste, ti accomodo…, non te ne incaricare!>>

Ma come sempre, a furia di ricordare, sono andato oltre. Infatti stavo parlando di Albertuccio e dei suoi scherzi. E in particolare della burla che quel buontempone giocò a Franco o Dolly che dir si voglia. La cosa, insomma, andò così: Albertuccio aveva una piccola bottega da sarto non molto distante dalla piazza e un giorno tra i suoi clienti si ritrovò anche Franco. I genitori lo avevano mandato da lui affinché gli confezionasse un paio di pantaloni lunghi. Quando Albertuccio se lo vide di fronte con quel suo sguardo sbigottito e imbambolato, gli venne subito l'idea di giocargli un tiro birbone e, detto fatto, gli disse: <<Mannaggia la miseria, capiti proprio in un momento difficile, sai? Mi manca uno strumento di cui non posso fare a meno, per tagliare la stoffa in modo preciso>>.
<<Ma non usi le forbici?>>
<<Certamente! Ma, vedi, quando si tratta di tagliare seguendo le linee curve, se si vuole avere il massimo della precisione, ci vuole lo squadrotondo>>.
<<E cos'è lo squadrotondo?>>
<<Eh, un attrezzo inventato da poco, ma per noi sarti è diventato così importante che oramai non possiamo più farne a meno, se vogliamo essere precisi e veloci allo stesso tempo. Mi dispiace, ma devi tornare quando me lo avranno riportato, perché l'ho mandato a riparare>>.

<<E quando potrò tornare?>>

<<Mah, diciamo tra un mesetto>>.

<<Tra un mesetto?!... Ma mia madre ha detto che i pantaloni mi servono tra due settimane>>.

<<Mi dispiace, figlio mio, ma non so che farci. A meno che... Ma certo! A meno che tu non voglia farmi un favore. Certo, come ho fatto a non pensarci prima? Allora, mi vuoi fare questo favore?>>

<<Va bene. Cosa devo fare?>>

<<Ecco, dovresti andare da Mastro Donato il ferraro, che ha anche lui uno squadrotondo uguale al mio, e chiedergli se per favore me lo può imprestare>>.

<<Ma non lo usano solo i sarti?>>

<<Oh, no... in realtà anche i fabbri e i muratori li usano. Comunque, tu digli che ti mando io e che glielo restituirò subito. Però poi tu glielo dovrai riportare indietro, va bene?>>

<<Va bene>>.

Per farla breve, Franco dovette attraversare tutto il paese, perché l'officina di Mastro Donato si trovava esattamente dall'altra parte, rispetto a quella in cui era la bottega di Albertuccio, e fare avanti e indietro il tragitto con lo squadrotondo tra le braccia, affaticandosi e sudando come un dannato. Quando si era presentato a Mastro Donato, facendogli la richiesta per conto di Albertuccio, il fabbro si era passata una mano sul cocuzzolo e aveva riflettuto per un po'; poi, prendendosi con l'altra mano il mento e la bocca e abbassando il capo per nascondere il riso che non riusciva a reprimere, aveva detto:

<<Gli serve lo squadrotondo, eh? Va bene, aspetta qui, che ora te lo preparo>>.

Ed era scomparso dietro l'uscio che immetteva nel ripostiglio. Dopo qualche tempo era uscito reggendo tra le braccia un pesante scatolone di cartone chiuso e legato da una corda disposta a croce che aveva porto a Franco dicendogli: <<Ecco qua lo squadrotondo!... Ma mi raccomando: trasportalo con cura e soprattutto fai attenzione a non farlo cadere, perché è uno strumento molto delicato e se si rompe ho finito di lavorare. E di' ad Albertuccio di riportarmelo appena avrà finito di usarlo. Mi raccomando, eh?!...>>.

E Dolly si era dovuto caricare quel grosso peso e portarlo avanti e indietro senza poter vedere come fosse fatto uno squadrotondo, perché quando lo consegnò ad Albertuccio questi gli disse di deporlo sopra il tavolo di una stanza attigua, dalla quale poi lo fece uscire affermando che per usarlo bisognava indossare degli occhiali speciali, altrimenti si poteva rischiare di perdere la vista. Quindi gli prese le misure con il metro e dopo ogni misurazione inforcava un paio di occhiali da sole e tornava nella stanza in cui era stato collocato lo scatolone, per controllare con lo squadrotondo che le misure prese con il metro fossero esatte. Alla fine gli rimise tra le braccia il pacco e lo rispedì da Mastro Donato. E questi, siccome Franco insisteva per vedere lo squadrotondo, lo accontentò aprendo lo scatolone e mostrandogli tra le risa la piccola incudine che vi era contenuta.

147

XI

Diario
30/7/1970 - Sera
Oggi l'abbiamo fatta grossa, a comare Grazietta, che ha giurato e spergiurato che mai più commetterà la sciocchezza di portare in campagna dei diavoli scatenati come me, Lucio e Giampiero. La mamma e il nonno si sono adirati con me, perché secondo loro ho sbagliato a far venire con me e comare Grazietta anche i miei amici. Infatti se fossi stato da solo, come le altre volte, non sarebbe successo niente, in quanto non mi sarebbe mai venuto in mente di agire in maniera così barbara e sconsiderata. Si sa che quando dei ragazzi si riuniscono sono capaci di combinare le marachelle più imprevedibili. A dire la verità io ho provato a dire a Lucio e Giampiero di non esagerare, ma quelli non se ne sono dati per inteso e hanno finito con il provocare anche la mia reazione, con il risultato che ora non potrò uscire dalla mia stanza fino a quando a mia madre non sarà sbollita la rabbia. E pensare che era andato tutto magnificamente fino a mezzogiorno!

Oh, anche questa è un'avventura di cui non mi ricordavo più: la battaglia dell'orto! Ah!-ah!, che ridere al solo ripensarci!... anche se a quei tempi ebbi ben poco da ridere, una volta tornato a casa. Eh, sì... perché i ceffoni che mi fece grandinare addosso mia madre, insieme a energiche e dolorosissime strigliate di capelli e a urla assordanti, mi dettero più argomenti di riflessione circa la condotta da me avuta nel corso di quella giornata che motivo di ilarità.

Comare Grazietta era vicina di casa di mio nonno e mi aveva preso a ben volere perché, diceva, ero un ragazzino non solo grazioso, ma anche ammodo e ben educato. Così ogni estate che tornavo in paese, sapendo che amavo molto la campagna, in diverse circostanze mi portava in un suo appezzamento di terreno, per lo più coltivato a orto, che possedeva a un paio di chilometri dal paese. Qui c'era un piccolo capanno costruito con assi di legno e frasche entro il quale era possibile trascorrere la parte più calda della giornata al fresco e all'ombra, magari facendosi anche una pennichella.

Solitamente ci avviavamo allo spuntar del sole e tornavamo verso l'imbrunire, in modo tale da evitare la calura. Per me questa era una vera e propria scampagnata che mi permetteva di vivere a contatto con la natura e di conoscere tante piante e tanti animali che difficilmente un ragazzo di città avrebbe avuto modo di vedere dal vivo. Ormai ero in grado di riconoscere perfettamente una pianta commestibile da una velenosa o le diverse varietà di alberi da frutto che incontravo. Sapevo distinguere un grillo da una cavalletta, un'ape da una vespa, una lucertola da un ramarro, un fringuello da un cardellino, una donnola da una faina; e avevo imparato a capire a quale tipo di uccello appartenesse un determinato verso. E sapevo anche come si doveva procedere nella coltivazione di piante e ortaggi vari. Comare Grazietta mi spiegava pazientemente ogni operazione che eseguiva e poi lasciava che anche io ne eseguissi qualcuna, raccomandandomi sempre di tenere in testa il berrettino con la visiera che in quelle occasioni mi faceva indossare. Poi, verso le nove, nove e mezzo, ci concedevamo una pausa per la colazione, che consumavamo all'ombra di una maestosa quercia, disponendo sull'erba una ruvida tovaglia a scacchi verdi e bianchi e, verso le dieci riprendevamo la nostra attività fino all'appressarsi del mezzogiorno.

A quell'ora tornavamo a sederci sotto la quercia e pranzavamo con i maccheroni o la pasta che comare Grazietta aveva provveduto a tenere in caldo dentro un contenitore a chiusura ermetica, insieme a delle polpette o a della carne di pollo. Poi ci concedevamo una meritata siesta o sul posto o all'interno del capanno, sopra il cui pavimento di terra battuta disponevamo, su una larga stuoia, due sacconi riempiti con foglie di granturco che poi ricoprivamo con dei teli. Di solito riposavamo fino alle sedici e poi riprendevamo a occuparci dell'orto fin verso le diciotto-diciotto e mezzo, ora in cui ci riavviavamo verso il paese. A dire il vero, però, io nel corso di queste giornate mi lasciavo distogliere spesso o dall'apparizione di qualche variopinta farfalla, o dal rumoroso volo di un'ape legnaiuola dal caratteristico colore bruno violaceo con riflessi metallici, o da una grossa cavalletta marrone che, compiendo lunghi balzi in mezzo all'erba riarsa, apriva le lunghe ali dalle basi colorate di giallo misto ad arancione, o dalle lunghe file di formiche nere che trasportavano semi e pezzi di insetti smembrati più grossi di loro. Non dico, poi, quale fosse lo stupore che mi prendeva, quando ci recavamo ad attingere l'acqua nel piccolo fosso poco distante, sulla cui superficie sfrecciavano splendide libellule dai corpi e dalle ali iridescenti con riverberi metallici. Fissando quell'acqua limpida e fresca che scorreva placidamente lasciando distinguere perfettamente il fondo ciottoloso, speravo di scorgere qualche bel pesce argenteo, ma le uniche creature acquatiche che mi era dato di scorgere, seppur per un breve istante, erano le timide rane verdi svelte a sparire al nostro sopraggiungere. Quando, la sera, tornavo a casa, non la finivo più di raccontare tutte le meraviglie che avevo visto e che continuavano a colpire e sollecitare la mia fantasia anche nel sonno.

Comare Grazietta, tra le altre cose, mi aveva insegnato a realizzare con i gambi delle zucche dei particolarissimi strumenti da lei chiamati "tromboni", con i quali mi divertivo un mondo: sia nel costruirli, sia nel suonarli. Dopo aver scelto un gambo bello grosso e lungo, lo si recideva alla base con un coltello e si asportava la larga foglia in cima, avendo cura di non tagliare la piccola porzione piena della sua base formata dalla confluenza delle sue tre principali nervature. L'apice del gambo o picciolo presentava, così, una superficie trilobata che veniva incisa per tutta la sua lunghezza in senso orizzontale, penetrando con la lama fino al punto in cui si raggiungeva la zona cava. Quindi si raschiava l'intero gambo, per eliminare le minuscole protuberanze spinose da cui è ricoperto, e lo "strumento" era pronto per essere suonato. Ma per giungere a questo risultato era necessario acquisire la giusta tecnica. Le due parti in cui l'estremità del gambo era stato diviso, infatti, vibravano e producevano il loro caratteristico suono solo se si imboccavano interamente, in modo da non essere premute l'una sull'altra dalle labbra, e se si soffiava delicatamente all'interno della cavità. Quanti singolari concerti per trombone ho eseguito, nel corso delle mie memorabili estati in paese!

Ma quello che più mi piaceva, quando andavo nell'orto di comare Grazietta, era la possibilità di fare il cowboy. Sì, il cowboy; perché comare Grazietta aveva un'asina. La teneva nella stalla sotto casa e, quando aveva bisogno di trasportare qualche cosa di pesante fino all'orto o dall'orto in paese, come sacchi di concime o di patate, carichi di pomodori e altri prodotti, la conduceva fin là. Io allora, o all'andata o al ritorno, quando l'asina non era stata caricata con simili cose, potevo salirle in groppa e, sistematomi a cavalcioni sul basto, mi godevo il tragitto sentendomi in tutto e per tutto come un cowboy. E allora, nel percorrere lo stretto e sassoso sentiero che si snodava serpeggiando tra alti e frondosi cerri, pruni, acacie, ginestre e fitte fratte di rovi, immaginavo di attraversare qualche canyon o pista del West e istintivamente mi portavo una mano verso la tasca dei pantaloncini come a volervi trovare la mia brava pistola infilata nel fodero. Poi la risollevavo stendendo il braccio davanti a me e con l'indice teso e il pollice alzato mimavo una serie di spari accompagnando il tutto con dei sonori "pam", "pam" prodotti con la bocca.

E come mi vantavo, con i miei amici, per aver cavalcato come un cowboy! E così vantati oggi, vantati domani, venne la voglia di fare altrettanto anche a Lucio e Giampiero, i quali tanto dissero e tanto fecero, che alla fine riuscirono a strapparmi la promessa che la prossima volta in cui sarei andato sull'asina di comare Grazietta, avrei fatto provare anche loro. Allora non mi restò altro che chiedere a comare Grazietta se una di quelle volte che avrebbe portato l'asina in campagna ci saremmo potuti unire a lei anche io e i miei amici, promettendo che saremmo stati buoni. Lei, dopo mille e mille raccomandazioni circa il comportamento che avremmo dovuto tenere, acconsentì e fu così che in un tardo pomeriggio di qualche settimana dopo io, Lucio e Giampiero potemmo cavalcare a turno, nell'andata, la docile asina. Al ritorno, invece, avremmo dovuto farcela a piedi, perché ci sarebbero state da trasportare due grosse ceste di pomodori. In quel periodo, infatti, le donne del paese cominciavano a "fare le bottiglie", come si usava dire per indicare l'attività di confezionamento della salsa di pomodoro. Le massaie sbollentavano i pomodori maturi in grandi pentole e li pelavano e tagliavano a pezzetti, schiacciandone una parte nel passaverdura o nel passapomodoro vero e proprio, così da ottenere la passata di pomodoro. Poi vi mescolavano dentro i pezzetti rimanenti insieme a delle foglie di basilico, spicchi d'aglio, una manciata di sale e, dopo aver dato al tutto una minima cottura, infilavano la poltiglia così ottenuta in delle bottiglie, di solito da un litro, servendosi di un imbuto e di un sottile bastoncino con cui spingere il tutto fino a quando non arrivava a metà circa del collo di ogni bottiglia, che infine veniva tappata con turaccioli di sughero strettamente legati con dello spago. C'erano, però, anche bottiglie provviste di tappo ermetico che evitavano di fare tutta la fatica di tapparle con il sughero. A questo punto i recipienti di salsa venivano adagiati uno a uno all'interno di un grosso bidone di ferro (costituito di solito da un fusto di benzina) e ricoperti da un panno o da un sacco di iuta bagnati e si continuava a disporre uno sull'altro strati di bottiglie e panni sino a riempire il bidone per circa tre quarti. Infine veniva versata dentro dell'acqua facendo in modo che questa superasse di una spanna circa l'ultimo strato. Il bidone, provvisto di due manici, veniva collocato sopra un ampio e robusto treppiede dalla cui base si sprigionava un vivace fuoco che portava lentamente l'acqua ad ebollizione. Poi, quando essa iniziava a raffreddarsi, le bottiglie di salsa venivano tolte, asciugate e collocate nella dispensa da cui si sarebbe attinto durante l'inverno.

Comare Grazietta aveva già preparato le bottiglie da riempire il giorno dopo e noi ci eravamo offerti di aiutarla a raccogliere i pomodori del suo orto e di metterli nelle ceste che avrebbe provveduto ad appendere ai lati del basto dell'asina. Quindi, una volta arrivati, cominciammo a trasportare i pomodori che di volta in volta comare Grazietta ci consegnava (ci aveva detto di lasciare che fosse lei a raccoglierli, perché così era più sicura che sarebbero stati presi solo quelli maturi al punto giusto). Non ci sarebbe voluto molto e in breve avremmo potuto riprendere la via del ritorno. Ma nel bel mezzo del nostro via vai ecco che il diavolo o chi per lui ci mise lo zampino. Infatti Lucio, che una volta in cui si era cavata la voglia di cavalcare cominciava ad annoiarsi, e perciò non vedeva l'ora di tornare in paese, invece di camminare lentamente mentre portava tra le braccia il suo carico di pomodori, prese a correre per fare più in fretta e finì per mettere un piede in una piccola depressione del terreno, perdendo di conseguenza l'equilibrio e cadendo per terra a faccia in giù. Ovviamente, per proteggersi il viso, si portò contro istintivamente le braccia e quindi diversi pomodori gli si spiaccicarono addosso. Al vedere la sua faccia e la sua maglietta, quando si rimise in piedi, io e Giampiero scoppiammo a ridere di gusto e non la finivamo più di

prenderlo in giro. Al che Lucio, raccolto un bel pomodoro mezzo disfatto, lo lanciò addosso a Giampiero e a sua volta si mise a sghignazzare. Questi, allora, afferrato un pomodoro dalla cesta, glielo lanciò contro. Ma Lucio fu svelto a scansarsi e il colpo andò a vuoto. Giampiero, indispettito, corse a prendere altri pomodori, ma Lucio, vista la mala parata, prese a fuggire in direzione dell'orto sia per nascondersi tra le file dei tralicci di canna dei pomodori, sia per rifornirsi di "munizioni". E infatti, dopo aver zigzagato tra un sostegno e l'altro distruggendone alcuni, prese a strappare i rossi proiettili che gli capitavano tra le mani e a scagliarli verso il suo inseguitore; che a sua volta iniziò a fare altrettanto, tra le grida disperate di comare Grazietta che con le mani afferrate ai capelli non la finiva di ripetere: <<Oddio, oddio, e che è 'sto fatto qua! O mannaggia il Patrabbate! O mannaggia il Patrasisto![6] E da dove sono usciti, questi diavoli!? Fermi! Fermatevi! Oddio, mi stanno castigando tutti i pomodori! No, fermi! No, i fagioli no, per carità!>>
Poi rincorreva ora l'uno ora l'altro, per tentare di bloccarli, ma quelli sgusciavano via come anguille.
<<No, non sulle zucchine! Oddio, che macello! Ah!... le piantine delle patate!... Brutti malfatti! Uscite subito dal mio orto, briganti! Ecco, ecco, adesso vengo con il bastone e vi faccio vedere io!>>, minacciava. Ma ormai noi (perché anch'io mi ero unito alla battaglia, dal momento che quei due pazzi scatenati avevano preso a bombardarmi ignorando la mia neutralità) non ascoltavamo altro che la voce del nostro istinto guerresco

---

[6] Il Patrabbate = il Padre Abate. Il Patrasisto = il Padre (Papa) Sisto.

e del divertimento sfrenato, e quelle urla disperate contribuivano ad alimentare ancora di più le nostre risa. <<Per l'amore di Dio!... Per le Anime Sante del Purgatorio, fermatevi! Oddio, e che è 'sto fatto qua?! Oddio, povera me! E come la voglio ricoverare,[7] una cosa come questa? Oddio che disgrazia mi è capitata, oggi!>>

Ma alla fine, come Dio volle, sia perché eravamo esausti, sia perché avevamo iniziato a prendere coscienza della devastazione che avevamo prodotto, decidemmo di dar luogo all'armistizio e, pur non riuscendo a trattenere attacchi di riso, chiedemmo scusa a comare Grazietta promettendole che avremmo rimesso tutto a posto. E sinceramente facemmo il possibile per raddrizzare e sostituire tralicci e per ricomporre il terreno, tuttavia quel che era andato distrutto non si poteva certo farlo rinascere.

Comare Grazietta, devo dire, pur continuando a rampognarci per un bel pezzo nel suo particolare modo di esprimersi, fu molto generosa e ci perdonò, ma non poté fare a meno, poi, di rimproverarmi davanti a mia madre, per essermi trascinato dietro, come disse, <<quei due diavoli scatenati>>.

E aggiunse che da allora in poi, se ci tenevo ad andare ancora in campagna con lei, non dovevo portare con me nessuno dei miei amici né alcun altro. In ogni caso per quell'estate non mi fu più possibile fare altre scampagnate. Mia madre ritenne di darmi, così, la giusta punizione per come mi ero comportato. Infatti secondo

---

[7] Ricoverare = rimediare.

lei avevo tradito la fiducia di comare Grazietta e non potevo passarla liscia.

Quanto tempo è trascorso da allora! Ma, rileggendo queste scarne annotazioni che via via mi saltano agli occhi, ho l'impressione che tutte le vicissitudini di cui sono stato protagonista o testimone siano appena accadute; e che tante di quelle persone che oggi non ci sono più esistano ancora, come se fossero inamovibili e indistruttibili. E invece...

<<Dottore, noi qui abbiamo finito. Quando vuole siamo pronti>>.

La voce dell'operaio della ditta di traslochi risuona all'improvviso alle mie spalle e interrompe il flusso dei miei ricordi. Gli dico che va bene, che possiamo andare. Mi alzo per seguirlo e chiudo il diario, che stringo in una mano come una reliquia, ripromettendomi di continuarne la lettura più tardi. Scendiamo le due rampe di scale che portano all'uscita, chiudo il portoncino di legno e vetro e salgo sul furgone dove stanno aspettando altri due operai.

Il tragitto non è molto lungo, perché il villino a pianterreno che ho acquistato si trova appena fuori dalla città, immerso in una piccola oasi di verde. Sono ancora profondamente turbato e l'operaio alla guida, vedendomi assorto nei miei pensieri, mi lascia tranquillo, accontentandosi di scambiare le solite frasi di circostanza sul tempo o sul traffico con i suoi colleghi. Io intanto, rigirandomi tra le mani il diario chiuso, lo contemplo con lo sguardo vuoto e rumino tra me e me su quel mondo che è tornato a materializzarmisi attorno. Un mondo che per quanto in un certo periodo della mia vita avessi voluto snobbare, preso e risucchiato com'ero nel vortice delle "magnifiche sorti e progressive" della odierna società, era pur sempre parte di me, come non potevo fare a meno di riconoscere, nel corso delle discussioni in cui mia madre sosteneva che tutti, chi più chi meno, conserviamo dentro di noi un invisibile cordone ombelicale che ci lega al passato. Un mondo, nel mio caso, fresco, puro, spontaneo, fatto di piccole e semplici cose. Un mondo ancora immune dallo spaventoso degrado di quella che ben a ragione, purtroppo, è stata definita "società liquida", priva cioè di ogni riferimento solido a cui ancorarsi.

E in un siffatto tipo di società che spesso ci fa sentire inutili, estranei, fuori posto, fa bene al cuore a allo spirito respirare, di tanto in tanto, una sana boccata d'aria di quel mondo e di quel tempo.

Fa stare bene e riconcilia con la vita poter sentire ancora, inalterato e fresco come allora, il profumo di quei giorni.

Notizie sull'autore

Gabriele Falco, nato nel 1957 a Montebello di Bertona (Pescara), laureato in Lettere Moderne, insegna Italiano e Storia in un Istituto Tecnico.

Vanta diverse collaborazioni con quotidiani, periodici e riviste letterarie. Ha pubblicato numerose opere con *Edizioni Cinque Terre*. Autore eclettico, spazia tra vari generi: dalla saggistica al racconto, al romanzo, alla poesia.

Nel 1990 ha pubblicato *Pi' rrite, pi' pplagne (Per ridere, per piangere)*, raccolta di poesie in vernacolo abruzzese.

Nel 1999 ha pubblicato il romanzo per ragazzi *Uruk, ragazzo del Paleolitico*.

Nel 2000 *Storie Vestine*, una raccolta di racconti ambientati prevalentemente nel paese natale.

Nel 2003 ha pubblicato il romanzo *La licenza*, in cui viene rappresentato un frammento della società italiana nell'immediato secondo dopoguerra.

Nel 2004 ha pubblicato *I carbonari della montagna di Giovanni Verga*, saggio sul primo romanzo dato alle stampe dal giovane scrittore siciliano.

Nel 2005 ha pubblicato *Montebello di Bertona. Storia - Dalle origini alla fine del Regno d'Italia*.

Nel 2007 ha pubblicato *Lettere ai "cattivi"*, una raccolta epistolare indirizzata a dei soggetti tradizionalmente ritenuti negativi.

Nell'Aprile 2009 ha dato alle stampe i seguenti libri:

a) *Montebello di Bertona – Il dialetto: come si parla e come si scrive*;

b) *Le bertoniane*, raccolta di racconti concepita come prosecuzione delle *Storie Vestine*;

c) *Liggìje (Elegìe)*, poesie in vernacolo abruzzese con testo italiano a fronte.

Nel 2014 ha pubblicato in versione digitale con la *Origami Edizioni* il suo primo romanzo horror: *L'ultimo maleficio*, ripubblicato in versione cartacea nel 2019.

Nel 2016, a distanza di oltre vent'anni dalla sua stesura, ha pubblicato in versione digitale *Tangenteide*, poemetto eroicomico in ottave su "Tangentopoli".

Nel 2017 ha pubblicato il romanzo *L'ultimo caduto*, ambientato sul fronte carsico, che nel corso della prima guerra mondiale fu teatro di tanti lutti e dolori.

Nel 2018 ha pubblicato *La Bibbia del diavolo*, suo secondo romanzo horror.

Gabriele Falco

Il profumo di quei giorni

Romanzo

1ª edizione: luglio 2020

Editore Gabriele Falco

La copertina è opera dell'autore

Made in the USA
Middletown, DE
17 March 2023

26125658R00096